# LA VOIX PERDUE DES HOMMES

Yves Simon, dont Michel Foucault a pu dire, après la publication d'*Océans*, « il est un de ceux dont l'œuvre aujourd'hui m'intéresse énormément, et sous toutes ses formes », fut romancier avant d'être auteur-interprète et compositeur. *Le Voyageur magnifique*, son sixième roman, a obtenu en 1988 le Prix des Libraires. Le septième, *La Dérive des sentiments*, a obtenu le prix Médicis en 1991. *La Voix perdue des hommes* est son neuvième roman.

*Paru dans Le Livre de Poche :*

L'AMOUR DANS L'ÂME

LA DÉRIVE DES SENTIMENTS

LES JOURS EN COULEURS

OCÉANS

LE PROCHAIN AMOUR

SORTIES DE NUIT

TRANSIT-EXPRESS

UN INSTANT DE BONHEUR

LE VOYAGEUR MAGNIFIQUE

YVES SIMON

# *La Voix perdue des hommes*

ROMAN

GRASSET

*A Stéphanie Chevrier*

*Et pourtant, la nature est belle.*

Paul CÉZANNE

# I

# Au premier jour

# 1

Dans un ciboire en argent ciselé, Andrea tient le sang du Christ entre ses doigts. Il élève la chose à hauteur d'une reproduction des falaises bleues d'Etretat punaisée à même le crépi. Du regard il a suivi le mouvement de ses bras avant de se recroqueviller, tête baissée, le menton sur le thorax.

Dans l'appartement du dix-huitième étage, le chauffage est à zéro, baies grandes ouvertes, mai a commencé. Andrea finit de célébrer sa messe du matin, une table en pin en guise d'autel, face aux tours en contrebas, plein sud.

Le sang du Christ entre ses mains, il s'agenouille et prend le morceau de pain azyme, blanc presque transparent. Il prononce, en détachant les mots, ceci est mon corps... Index et majeur, geste parfait entre ciboire et ostie, ceci est mon sang. L'essentiel est dit, Andrea s'offre le Christ qu'il partage ensuite entre Ismalia, deux Chinoises et François-Marie, ouailles du jour, ses voisins d'immeuble. *Mangez et buvez en mémoire de moi...*

A la confesse, Ismalia avait dit : « Ce que j'aime des hommes, c'est leurs mains, leurs caresses à mourir... Sans parler de la veine-désir qui se gonfle. » « Chut t'es pas toute seule, mijaurée ! » avait murmuré Andrea.

Loin derrière les chaînes hertziennes, câblées et satellites, Andrea est un écouteur, il recueille les versets du quotidien où le graveleux se mêle à la petite luxure et aux trafics en tout genre. Quartiers miséreux aux étages mélangés, une pauvreté sans drapeau, le monde perdu des *borderline*, à cheval entre futur absent et présent ordinaire.

Les Chinoises ont quitté l'appartement, à reculons, inclinant plusieurs fois la tête pour saluer Andrea.

Il se dit qu'il est temps de rebrancher le téléphone et de prendre note. Boîte vocale : Andrea, je t'attends sur le coup des cinq heures, au *Bar de l'Oubli*, il y a eu tentative de viol, éjaculation intime et remords à foison. Froc mouillé... / Vous voir pour une rencontre informelle, parler ensemble d'une femme qui devient folle, nos rencontres délirantes en sont la cause. Demain, si vous voulez, au bar *le Fumoir...* / Mon père...

Il branche la cafetière Malmö made in Sweden et avale son premier expresso du jour. Tiède le café. Ismalia est restée tandis que François-Marie filait pour un lycée du 18e arrondissement, là où s'enseigne, prêchi-prêcha, la littérature des morts, la poésie de siècles anciens, inhibitrice d'élèves, fascinés eux, par les pulsions rappeuses de leurs contemporains définitifs.

Un jour nouveau.

Andrea retire l'étole et la chasuble portées à même le torse et enfile un T-shirt XL trop large. Ismalia, qui a sorti les produits de nettoyage, prétend qu'elle aime pécher dans le seul but de pouvoir raconter les intimités de sa petite vie. Pas à n'importe qui, au représentant de Dieu, l'homme au ciboire et aux survêtements brodés. Mettre des mots sur les odeurs et les gestes, décrire l'envie et les désirs, les jeux, je voudrais un peu, pas aujourd'hui, jamais avec toi morveux !

Andrea fait une vaisselle rapide des instruments du culte, enfile un blouson et se laisse glisser sur dix-huit étages dans une cage d'escalier fraîchement repeinte. Ascenseur en révision.

La terre ferme, le gravier, les pelouses desséchées, la vie d'en bas.

## 2

Près du périphérique nord, là où deux immenses tours jumelles, dites *Mercuriales*, semblent indiquer un octroi moderne du Paris d'aujourd'hui, plusieurs collines cernent la bordure de la ville. Plantée au sommet de l'une d'elles, une tour blanche surmontée de gigantesques antennes de radio et transmissions domine l'ensemble. A son sommet, sur la terrasse du trentième étage, des conduits peints de goudron qu'enveloppent d'épaisses feuilles d'aluminium serpentent sur du gravier, alors que le vent fait trembler la structure métallique des relais de la télévision. Trente étages où vivent mêlés des Français, émigrés ou pas, de souche ou pas, des Chinois... Sur les boîtes aux lettres du rez-de-chaussée, à côté d'un bureau de gardien, figurent côte à côte et alignés des Duong Binh Than, Famille Limosin, Joseph Charland, Ismalia Hamd'ar, Lashkar Bohouk, Zahn Zehn, Andrea Morlowe... La tour qui fut d'abord baptisée résidence par les promoteurs, puis cité, prit enfin pour patronyme, renaissance : *Cité de la Renaissance.*

Pourtant ici, rien ne renaît, tout est en demi-teinte, genre gris-muraille. Se dressent là, à proximité de la tour principale, trois bâtiments de moindre importance et plus loin, un résidu de maisons vieillottes que des pelleteuses attaquent pour que puissent être réunis un stade de foot et un terrain vague que les ronces ont envahi. Une bretelle qui relie le périphérique à l'autoroute A3, passe à deux cents mètres de là. A toute heure du jour et de la nuit circulent ici des milliers de voitures, de camions, d'autobus qui accélèrent vers les aéroports de Roissy, vers les Flandres, vers le Nord.

Andrea dévale la colline de Bagnolet.

Juste avant de franchir le périphérique, il aperçoit dans le rétroviseur de son scooter la tour blanche flanquée de son bouquet d'éoliennes balayées par les vents d'altitude. Il file vers la ville, Paris, se rend aux chuchotements, génuflexions, là où les voix parlent bas. Intempestives confidences, mon père je ne m'accuse pas... J'accuse le monde d'être entré en insignifiance ! Besoin de colérer contre les pans effrités d'illusions. Ainsi il y eut des rêves ! Les récits qu'il reçoit se murmurent à la lumière tamisée des bars, sur le banc ombré d'une église, dans une allée de square... Ils racontent une aventure personnelle avec le siècle, avec une saison, avec le jour où l'on vit les choses se briser. Chacun légende son quartier, un passé, ou encore, une vie qui ne sera pas vécue. Tant de mois à regarder, muets, les exactions se perpétrer sur les écrans de chaque living, de chaque case en torchis du monde... Le corrupteur qui corrompt, le corrompu qui encaisse. Impuissants face à ce qui pourrait être et ce qui n'est pas, à l'indigence des réponses quand une civilisation se perd.

Andrea sait tout cela, le ressasse, litanies lancinantes du quotidien. Pourtant, il est d'humeur légère, la brise sous le casque lui envoie des effluves de gazon et les feuilles chiffonnées des arbres viennent de s'ouvrir aux possibles. La mort s'absente, et la vie qui s'enflamme... Plutôt que de se lancer dans un vide magnifique que lui offre à tout moment la terrasse aux antennes, il se nomme chef territorial des secrets de la ville. Il vit et survit, la ville dicte son désarroi. A genoux, il l'écoute et la trouve à son goût, échevelée.

## 3

Clic clac, le Polaroïd accomplit son travail d'archives.

Enième photo de Milos, autoportrait au quotidien, la mort à l'œuvre. Regarder son visage se gonfler d'années et de zébrures. Se dire, tiens aujourd'hui j'ai retrouvé une expression adolescente, un autre jour : ça, c'est déjà moi en cadavre. Sur le trépied en alu, le petit Pentax ressemble à un coucou suisse, en attente de l'instant où la minuscule mécanique sera actionnée. Milos siffle. C'est du genre opéra ou encore chansonnette, Mozart ou Piaf, l'important est l'air qui entre dans la tête, pareil à un souvenir, et qui s'installe jusqu'à supplanter le souci. *Emporté par la foule...*

Peinture acrylique, des pinceaux dans des bocaux vides de confiture, quantité de toiles vierges reposent à même le sol. Peindre encore et toujours, toute forme, projeter, étendre, la vie qui jaillit en couleurs. Le jaillissement, ce fut cela l'énigme.

Lorsque Andrea sonne à la porte, Milos finit ses flocons d'avoine, un bol avec lait frais, raisins secs et une cuiller de miel. Recette venue de Tchécoslovaquie, la terre des ancêtres. Survie. Dose alimentaire minimale pour pallier les rationnements. Milos a traversé quelques miroirs du désir — les frontières — puisque l'Occident était le but. « Mon père était un musicien que l'histoire obligea à suer dans des mines du nord de la France. Les corons, les concerts pour le patronat, quatorze juillet et feux d'artifice, salle des fêtes, un chouïa de Gershwin afin d'emballer la foule, émotion des syndicats pour un Rachmaninov bien tempéré, et final avec Beethoven, des hymnes à la joie à tout casser, fondation de l'Europe, Jean Monnet, etc. En plein coron, les espoirs du charbon et de l'acier... Avant traité. »

Aussitôt entré, Andrea s'écrie : « Es-tu là, maître, beauté céleste choyée des dieux, es-tu présent pour recevoir l'humble serviteur des banlieues, confesseur du monde et toute la frime...

— Entre, dit Milos, entre bel ingénu, ordonné de par la volonté des évêques, prince de l'Eglise, blond à foison. Sers-toi de ma boisson archaïque, branche France Info si c'est ta volonté, moi, je vais aux toilettes. »

Ravi du rituel, Andrea se rue vers la gamelle de céréales et prend enfin, après un jeûne matinal, son petit déjeuner.

« Je voudrais partir d'ici, me tirer et filer vers les avenues de riches, avait dit Ismalia pendant qu'ils astiquaient le ciboire et les burettes de messe. Je veux me sentir vivante Andrea, et là je vais crever, tu le sais, crever de stagnation, à rester dans nos quartiers de déjantés, pourris de la moelle, tous ces mecs qui ne pensent qu'à quiner à toute vitesse sans s'imposer la poésie des odeurs, des langues fouilleuses, les sexes qui se laissent admirer, lisses comme des miroirs, sereins et fiers de vivre au siècle d'Internet. »

*Ah Andrea / mon frère Andrea*
*Je t'aime d'être beau / jeune et oreillant,*
*Ecoute nos complaintes / les misères les tourments*
*Le malheur des vivants... Ah Andrea*

Milos revient des toilettes en se badigeonnant une aisselle de déodorant à l'aloès. « Acheté chez Body

Shop qui a signé la charte contre les tests animaux ! Le monde, mon beau blond, pullule de virus et malfaisances, révoltons-nous, chacun sur nos arpents d'existence. Tu veux voir mes photos de la semaine ? »

Il étale une quantité de Polaroïds, noir et blanc... « On naît fripé, on meurt fripé. J'ai passé quatre-vingt-cinq années à faire le malin et tenter d'oublier l'axiome de base... »

Accrochés aux murs, des tableaux maison, éclatés, éclaboussés, la guerre en taches et en formes, mais aussi des masques africains taillés au canif, visages métis, une collection d'objets — dents animales, pointes de sagaies, photographies bistrées. Posés sur des meubles d'acajou, une Vierge de plâtre peint en bleu et rose pâle, une Marie mère de Dieu sous cloche de verre, colliers d'ambre, bracelets d'ébène incrustés de nacre et d'ivoire. Et encore de l'Afrique, et encore de l'Orient, un kimono brodé suspendu à un portail de bambou laqué, flanqué d'un sabre de samouraï.

Milos a rempli son espace de ses multiples rencontres avec les rues du monde.

« Il faudra demander à Ismalia qu'elle vienne poser pour moi. J'ai envie de faire à nouveau des portraits, elle a un beau cul tu m'as dit, rien de tel qu'un beau cul devant les yeux pour réussir un visage. Je te l'ai dit, il faut passer à toute vitesse sur les courbes du désir, et ensuite seulement, se consacrer à celles où se porte l'imaginaire, les visages... Dans un instant, je te confesse mes petits excréments du jour avec photo à l'appui, comme ça tu me regarderas pécher en temps réel. L'intérieur et l'extérieur... »

« Au nom du Père, du Fils et du Saint-Esprit, je t'écoute », dit Andrea, yeux mi-clos.

# 4

Les mots de Milos surgissent du tréfonds, ceux qu'il faut prononcer à l'aube de l'existence pour rejoindre *l'ensemble*, la lune, les étoiles et pour finir, les hommes. S'en aller au-devant de la communauté sans se blesser. Avancer nu, avec une petite carapace d'enfantillages façonnée aux brumes de Prague, les mots d'une langue qui viendront fourailler les oreilles d'une autre langue. C'est de cela qu'il aime parler... Pas la rancœur, pas la vieillesse, pas les érections manquées, non, revenir au début, à l'agencement des choses lorsqu'il fallut éradiquer de soi les premières bouffées de bonheur.

Se confronter à l'autre, à l'histoire, c'est là, dans des situations extrêmes, qu'il a appris sa valeur et ce qui, à travers elle, pouvait donner sens à l'existence. « L'être humain ne se trouve lui-même qu'avec un autre être, et jamais par le seul savoir », avait-il dit à Andrea...

A chaque confession, Milos est tendu comme le plongeur qui sait qu'il ne peut rater son entrée dans une eau profonde. On est poli avec la mer, on y pénètre en tenant droit sa tête. Tendu, il cherche ce qui n'a pas été dit auparavant, faire œuvre là aussi de ne pas se répéter. Pareils aux corps qui plongent, les hommes se jettent dans le monde et s'y enfouissent.

*

Les poètes n'en parlent pas. Ils fondent sous les quelques ... pour ... des ... ne ... jamais ... Presse, ... sans ... les ... de la ... Joseph ... de ... dans la ... électronique ... Cité ...

... dans le wagon ... angle ... ouvert un livre ... obscur. Lecture ... pour essayer de mémoriser quelques ... constant pour ... la présence silencieuse ... de cet intérieur des ... des manières de ... et de ... Comment décrocher la réponse ... à ces êtres préten... arrivés. Arrivés où ? On se ... On est ...

C'est ... un jour, un homme de couleur noire ... La soixantaine, il porte un petit ... veste vert bouteille, sa chemise n'a ... d'une cravate sombre. Adresse aux occupants du wagon un effort poétique... « Messieurs et dames, passent les jours passe le temps. Sous le ... tout est ... Nos jours s'en vont

## 5

Les métros n'attendent pas. Ils foncent sous les argiles, tracent leur ligne en dessous des maisons. Blattes du sous-terre, ils innervent la ville de leurs réseaux de pneus, d'acier et de câbles. Pressée, Ismalia a dévalé deux à deux les marches de la cité blanche et a salué Martial, le gardien-vigile de l'entrée... A la station Gallieni (Joseph, maréchal de France), elle glisse son ticket orange à liseré d'argent dans la fente électronique, direction La Cité, *Central do Paris*.

Debout dans le wagon, appuyée dans un angle, elle a ouvert un livre, *la Rencontre des oiseaux*. Lecture à petites doses pour essayer de mémoriser quelques phrases, une couleur, une idée. Effort constant pour fixer son attention. Le bruit, la présence silencieuse des regards, tout la détourne de cet intérieur des mots où elle sent que des manières de vivre et de penser sont tapies. Comment décrocher *la* réponse, se dit-elle, ce qui clouerait le bec à ces petits prétentieux qui se croient arrivés. Arrivés où ? On se le demande...

Ritournelle du jour, un homme de couleur noire s'est levé. La soixantaine, il porte un petit bouc frisé blanc, veste vert bouteille, sa chemise mauve est tranchée d'une cravate sombre. Adresse aux occupants du wagon et effort poétique... « Messieurs et dames, passent les jours, passe le temps. Sous le firmament, tout est changement. Nos jours s'en vont, courant plus vite qu'un torrent. La fugacité des choses de ce monde nous invite à plus d'amitié, à plus de fraternité, à plus de chaleur. C'est dans ce cadre-là que *l'Itinérant* vient ici à votre rencontre. Dix francs. Il y a les mots fléchés, les restaurants de Paris, le calendrier. Véritable caverne d'Ali Baba ! Vous n'avez que l'embarras du choix ! »

La rame file de la périphérie vers le centre et, au bruit et à la vitesse, Ismalia devine qu'elle se trouve dans la dernière ligne droite. Le temps de lire une dizaine de lignes, le sursis quotidien.

## 6

Couloir d'hôpital, troisième étage, section D, service du professeur Lipovsky. Ici, la vie se résume à deux mots : souffrance et inespoir.

Ismalia en blouse bleu et blanc distribue des médicaments. Des regards en attente, demi-sourires, une distraction, bref éclair du dehors qui entre à l'intérieur des chambres. Ismalia se sait messagère, porteuse des bruissements du monde comme si s'accrochaient à elle, dans ses cheveux ou à la peau du visage, les petites odeurs et particules de la ville : parfum de torréfaction à la station Père-Lachaise, gouttelettes des fontaines du Louvre, poussière de calcaire des tailleurs de pierre du Pont-Neuf... Paris répand micro-organismes et miasmes que chacun accapare à son aise. Souvenir, cadeau ? Pour l'heure, c'est cadeau urbain offert par Ismalia. Sans compter les anxiolytiques, analgésiques, palfium, morphine... La ville et la douleur.

— Il y a une lettre de mon fils, l'Américain ? demande la vieille Witold en essayant de remonter son corps vers le double oreiller.

— Je n'ai pas fait attention au courrier du matin, esquive Ismalia. Je reviens.

Elle a bien sûr remarqué la maigre pile de missives, trois ce matin pour les douze malades du service. Depuis l'hospitalisation de sa mère, l'Américain s'est fendu de deux messages étroits en style télégraphique : Je pense à toi, suis surchargé de rendez-vous, la petite famille va bien, on t'embrasse, je compte venir te voir très vite...

Un jour, Ismalia a suggéré : « Madame Witold, je vais vous faire rencontrer un ami, un prêtre... Il porte des T-shirts XL, lit les journaux et va au cinéma. Je veux dire qu'il vit avec nous et pas seulement avec Dieu, les saints et l'eucharistie. Il regarde les filles et il a un scooter... Il est à la fois du côté du ciel et du côté de la terre. On pourrait dire un mutant. Mais il parle normalement, en français de souche, sans *ave* ni *confiteor*... Je peux vous jurer, jamais il ne m'a touchée. J'aurais pas accepté, mais il n'a pas demandé. »

Andrea s'est rendu à l'hôpital. « Je manque de confession », avait avoué la vieille dame. Ils avaient ri. Elle avait parlé, puis s'était tue. « A vous, je n'peux quand même pas tout raconter... » On en était resté là.

Deux jours après la visite d'Andrea, elle avait eu une sorte de révélation. Le quotidien — cette liste infinie des objets qui offrent à l'existence un décor devenu monotone à force de répétitivité — lui parut soudain inestimable. Elle appela Ismalia en appuyant sur le bouton des urgences. « C'est *étrange* de penser que dans un mois, une semaine, demain, je ne verrai plus les couleurs, l'azur du ciel, toutes ces choses qui semblent aller de soi et qui existeront sans moi. Les rues, les immeubles de mon quartier résonneront aux pas de millions de gens que je ne connais pas. Pour des générations et des générations ce seront les mêmes briques, les mêmes pierres, d'identiques grilles de fonte autour des arbres... Tout ce qui m'est si familier et qui régnera en mon absence.

— Madame Witold, dites-moi ce que vous aimeriez que l'on retienne de vous. J'ai une bonne mémoire et je peux recopier tous les soirs les phrases que vous m'aurez confiées dans la journée. Mais si ça ne vous dérange pas, je préfère prendre le son, j'ai un magnétophone et j'aime enregistrer. »

Ismalia n'avait pas osé ajouter : j'ai une tendresse

immodérée pour la voix des mourants, dernières paroles prononcées, les ultimes confidences...

*Etrange,* avait dit la vieille Witold.

Ismalia songea à cette étrangeté lorsqu'elle marcha les jours suivants dans les couloirs du métro, les rues des quartiers, là où il y a des fumées de bars, de la musique et des garçons aux barbes naissantes. Pour la première fois de sa vie, elle regarda les feux tricolores, les distributeurs de billets, les façades en pierre de taille, les escalators, les rames de wagons et pensa, non aux objets qui s'offraient à ses yeux, mais à elle qui, un jour, ne les verrait plus.

# 7

Aux abords de la maison de Milos, rue Manin, devant l'entrée / sortie d'un Monoprix casher, un jeune homme agite une sébille où quelques pièces tintinnabulent. Il porte une paire de jeans et une chemise écossaise de bûcheron. Le corps plié sur le côté afin de serrer entre épaule et oreille un portable, il téléphone. « Oui, l'annonce de ce matin pour un studio place des Abbesses... Ah bon... » Mine déçue. A même le trottoir il exhibe un carton où est inscrit au feutre violet : LICENCIÉ D'UNE MULTINATIONALE FRANÇAISE.

Plus loin, station Botzaris, une roue avant de bicyclette est restée attachée par un antivol aux sculptures en fonte de Guimard. Tordue, un reste de vélo.

Des hommes et des objets mutilés peuplent les rues.

Avenue Simon-Bolivar, Andrea emprunte l'itinéraire des mammouths lorsqu'ils descendaient des Buttes-Chaumont pour aller boire en Seine. Au quaternaire. Longtemps avant les arrondissements. Aujourd'hui, complaintes et raps méchants, la ville chante les maldonnes de départ comme les rencontres de hasard. Andrea arpente, écoute Paris, ses plaintes, les râles, une partition urbaine qui se rédige au fil des fissures, là où s'exfiltrent les pleurs et les jouissances, la trace occulte des secrets...

Après avoir traversé la place de la République en contournant la statue, il gare son scooter à l'entrée du boulevard Beaumarchais et gravit l'escalier de granit qui mène au *Déjazet*, un café. Petit crème sans mousse, des journaux traînent au comptoir, c'est Hussein qui sert, un Tunisien de Djerba.

Andrea est en avance à son rendez-vous avec Luis. Monté du Pays basque vers la capitale dans les années soixante, Luis a passé une vingtaine d'années boulevard Kellermann au Laboratoire des équipements de la rue et de l'éclairage des monuments de Paris. Devenue quasi aveugle par l'éclair violent d'un arc incandescent, sa rétine n'a pas résisté. Il passe une partie de ses matinées au café *Déjazet* à l'écoute de la rumeur : bribes de conversations, bande-son de matches-télé, billes d'acier du flipper, les voitures qui redémarrent au feu, en contrebas... Le rôle d'Andrea ? Lire les nouvelles, résumer, trouver les petites annonces qui appellent à un rendez-vous. Les bouteilles à la mer de ceux qui n'ont pas osé. « *Le 3 mai, nuit tombante, dernière station-essence sur autoroute avant sortie Bordeaux. Vous chauffeur d'un camion bleu, moi robe noire. Aimerais continuer voyage avec vous. Appeler le 06...* » Un numéro de portable.

*Robe noire et camion bleu,* voilà ce par quoi Andrea commence ce matin.

— Une fille qui se décide, c'est plaisant, dit Luis...

Ils avaient remarqué qu'elles étaient moins prolixes que les hommes sur les regrets d'autoroute, les ratés du métro. « *Jeudi 28 avril, 9 h du matin, vous étiez en train de lire* l'Education sentimentale *en poche, nous nous sommes souri sur la ligne Vincennes-Neuilly. Vous êtes descendue à Châtelet et sur le quai, vous vous êtes retournée.* » Incurables romantiques du regard, les garçons imaginent que c'est la femme-femme qui vient de passer là, à portée. Timidité, orgueil, un silence les a muselés.

— L'Espagne Luis, l'ETA n'en finit pas... « *La police espagnole a désamorcé une voiture piégée qui station-*

*nait devant un entrepôt militaire de Séville. C'est la deuxième bombe à ventouse désactivée ce week-end par les artificiers !* »

— Basta ya !

Long silence, Luis à nouveau :

— Tu veux bien me répéter le numéro de téléphone de *Robe noire*.

Luis habite le même bloc d'immeubles que le *Déjazet*, dans une rue située derrière, à la parallèle. Nul besoin d'emprunter un passage clouté, il se contente de contourner un pâté de maisons, le bras légèrement tendu sur le côté, comme une antenne de crustacé.

— On me dit que les femmes se font injecter des produits sous la peau. Est-ce qu'elles sont plus belles qu'avant ? demande-t-il.

— Affaire de goût, mais les bouches sont souvent ratées. Elles ont toutes la même moue, des lèvres rouges projetées en avant comme deux sangsues.

— Il faudrait leur dire d'arrêter...

— Personne n'ose, alors elles se disent, mes lèvres sont hypersensuelles et les hommes ne rêvent que de les embrasser. C'est comme ça qu'elles pensent... »

Ils rient.

Luis commanda un Tio Pepe, Andrea, un expresso serré.

[illegible]

[illegible]

Long silence. [illegible]

— [illegible]

[illegible]

[illegible] dans un Boeing Jumbo qui [illegible] Tokyo, parce que [illegible] la politesse, de l'harmonie et que [illegible] entre les iris de la Cité impériale.

[illegible]

# 8

Cette nuit-là, un garçon et deux petites filles viennent de naître à l'hôpital Saint-Vincent. Deux des pères ont assisté à l'accouchement, le troisième fut absent, inexistant pour cet instant d'importance. Léo, Camille et Alice, trois enfants qui ne jouent aucun rôle dans cette histoire. On les aura seulement entendus crier, faire une annonce stridente au monde alors que de mon côté je m'exerçais au silence afin d'aller fouiller les zones imprécises de ma mémoire, là où se stockent des paysages, des riffs de guitares, des odeurs d'humus et de sexes de femmes.

*Cette nuit-là* signifie la nuit où j'ai commencé d'écrire ce roman. Même si l'imagination, à l'instant des premières phrases, n'a pas encore fixé de destinée à de vagues impressions, les romans ont des débuts. Choix infini. J'aurais pu prendre mon départ au Rwanda, à Murambi, là où des milliers de cadavres parcheminés d'enfants sont restés recroquevillés, tels quels, sortis d'une fosse commune, des lambeaux d'habits collés à même la peau. Ou alors, me trouver en plein vol, dans un Boeing Jumbo qui s'apprête à atterrir à Tokyo. Tokyo, parce que s'y distribue de la politesse, de l'harmonie et que des carpes centenaires nagent silencieuses entre les iris de la Cité impériale.

Trois enfants viennent de naître, je ne les connais pas. Je ne peux les connaître. Seule une des mères porte un visage identifiable : celle de la petite Alice, avec qui je vécus une histoire il y a quelques années. Elle a téléphoné le lendemain de la naissance, c'était le pacte prononcé au moment de notre séparation. On s'était inventé un rendez-vous d'avenir pour ne pas en rester là, avec le chagrin et la contrariété du présent. « Je te préviendrai à mon premier bébé. »

Marie prononça quelques mots sur l'accouchement, les dix heures de travail, puis elle raccrocha après m'avoir demandé comment j'allais. J'ai répondu bien. Je n'avais pas eu le temps de lui parler du commencement qui m'intéressait moi, mon roman. D'ailleurs, je n'aurais pas osé mettre en balance mon roman et Alice, un gros bébé de quatre kilos né sans césarienne. Elle m'avait confié qu'à l'instant où le bébé fut près de sortir, alors que le sommet du crâne se trouvait encore au centre de son sexe, le médecin accoucheur lui avait pris la main pour la conduire là, qu'elle se souvienne d'avoir effleuré, un jour dans sa vie, un extraterrestre.

# 9

En mai, la ville reprend souffle et murmure. La ville et le monde, les ouragans, les arbres, tout ce qui bruisse et excite la peau des vivants pour qu'ils se laissent gagner par l'aventure du temps. Le temps à venir, un pari, celui qui excusera le passé ou le transformera. *La beauté nous est douce...* L'air se truffe de particules qui pénètrent le nez, les oreilles, odeurs du fleuve et des jardins, mini-structures organiques, la nature exporte ses indices.

Ce printemps-là, une poussière ocre est venue se coller sur les carrosseries des voitures, sur les bouches d'aération des airs climatisés. Du haut des immeubles de banlieue, certains ont prétendu avoir vu passer des nuages d'or.

On parla des déserts, du Sahara et du sirocco.

Andrea déambule dans Paris sur son scooter. Bouffées d'air chaud, tourbillons de pollen. Il aime à circuler sans but précis, au gré des feux, des arrondissements, de la voie express. Liberté, vroum, vroum. Surtout lorsqu'un de ses clients a été généreux comme ce fut le cas ce matin avec Milos. Principe de base : les rencontres-confessions sont gratuites. Mais pour les hommes d'affaires, industriels, tout ce qui s'apparente au CAC 40 : application de la politique du donnant donnant. Prêtre free-lance, sans paroisse, Andrea en est resté aux vœux de son ordination célébrée il y a trois ans : chasteté — l'état normal du célibataire — et messe quotidienne. Quant au vœu de pauvreté, s'il a de quoi s'offrir un trois-pièces au dix-huitième étage de la *Cité de la Renaissance,* en bord de périphérique, il ne possède que quelques gadgets basiques de la modernité : un téléphone portable, un ordinateur, un téléviseur sans parabole, une cafetière électrique défectueuse et un lecteur de CD. Voilà pour le visible. Mais encore, un *Journal des doutes,* là où s'inscrivent la comptabilité des manquements, éraflures, écornements au pacte divin, l'incessant questionnement.

Comme un médecin sans frontières que l'on voit se rendre dans les territoires souffrants, Andrea traverse les arrondissements et vole au chevet des paroles. Ni heure fixe, ni lieu privilégié, il recueille ce qui doit être dit, là où les bouches parlent, aux endroits de la cité où elles désirent se révéler. « Je suis l'oreille ambulante ouverte au bruissement des êtres, lorsque les liens rompus, la solitude, condamnent au motus. Les ouailles d'antan fréquentaient les veilles de dimanches et fêtes les confessionnaux en bois des églises, moi je fréquente, chaque jour de la semaine, les escaliers d'immeubles, les bars, les cuisines, les rues où se déroulent les rêves des gens et leur existence », avait dit Andrea lorsqu'il rencontra Milos pour la première fois. Sans jamais prononcer le mot de péché, *la pestilence des silences* avait sa préférence.

## 10

Oreillers remontés, pénombre d'un store vénitien, une cuiller de miel d'acacia qu'Ismalia tourne indéfiniment dans une tasse de thé fumé. Un magnétophone posé sur la table de chevet enregistre. « Tout d'abord, je ne voudrais pas qu'on oublie que j'ai aimé par-dessus tout les hommes, dit madame Witold. *Un homme* et les hommes. Tu comprends cela, Ismalia... De lui, je te parlerai demain car nous n'avons plus beaucoup de temps. Des hommes, j'ai adoré l'odeur et les couilles. Excuse-moi de te parler si crûment, mais c'est un testament n'est-ce pas et on ne finasse pas quand la mort approche. Tu as remarqué que les hommes ne se retrouvent pas comme nous, deux, trois fois par jour flanqués dans les salles de bain... Je ne leur ai jamais reproché. Surtout pas ! Laisse-les faire, n'impose jamais les grandes eaux ni les sticks déodorants... Laisse-toi aller au parfum des aisselles, de l'entrejambe et à celui plus ténu de la nuque, à la naissance des cheveux... Quant aux robustes petites balles rondes et dodues qui frappent à tout-va le bas de nos fesses, qui frappent et tambourinent, muettes et fragiles, elles s'attribuent le rôle exquis de venir titiller un minuscule périmètre de peau, entre le sexe et le cul, que souvent les hommes oublient... Ça te fait drôle n'est-ce pas qu'une vieille femme parle comme ça. L'histoire des vieux est remplie de jeunesse... Les prochaines fois que tu feras l'amour, positionne-toi bien, et tu verras le délice de sentir ces merveilleuses bombes velues venir te frapper et t'agacer... »

Elle boit une longue gorgée de Lapsang Souchong, prend le temps de respirer. « C'est bon de se confier, d'offrir un peu de sa personne à un monde que l'on va quitter. Aujourd'hui, vous n'héritez de rien. A quoi sert tout ce travail, cette mise en culture si elle reste inapte à apprendre à vivre et à mourir ? Tout à l'heure je t'ai parlé de testament, je ne veux pas être la *dernière femme...* Celle avec qui une lignée s'éteindrait. Transmets-moi, offre mes secrets, il n'y a pas pire solitude que de partir avec... »

# 11

— C'est Ismalia qui m'a donné votre numéro de portable, j'vous dérange ?

— Non, je me trouve simplement sur un escalator de grand magasin, entre le deuxième étage et le troisième...

— Alors j'vous dérange...

Voix juvénile, Andrea tutoie.

— Non. Dis-moi plutôt pourquoi tu m'appelles.

— Je ne sais pas par où commencer mon père.

— Ne me dis pas mon père... Andrea, je préfère.

Andrea monte jusqu'au quatrième étage, rayon arts ménagers. Il doit remplacer la cafetière électrique qui depuis quelque temps s'essouffle.

— Est-ce que l'on pourrait se voir...

— Aujourd'hui, je ne peux pas, j'ai un mariage qui va me prendre toute la soirée. Parle-moi maintenant.

Toasters chromés, sèche-cheveux, presse-agrumes, il circule à toute vitesse au milieu des rayons. Il éloigne une seconde son portable pour demander à une vendeuse où se trouvent les cafetières électriques. Elle répond par un geste. — ... Allô, je m'appelle Virginie, je... dois passer mes examens dans un mois et j'ai la tête... Je n'ai rien à dire à mes parents, ma mère surtout. Y a pas de drame, seulement du silence ou de l'inimportance... On se voit le soir quand elle rentre, je lui déverse des lieux communs : tout va, je révise, mes copines sont anxieuses et pas moi, aucun garçon en particulier, des amis, des connaissances, rien de plus... Voilà, c'est ce que je débite à ma mère chaque soir, je parle et il n'y a aucun commentaire. C'est ça qui me tue. Parler tous les jours de rien et pour rien à quelqu'un qui n'écoute rien... Elle ne m'écoute pas, vous comprenez ?

« Celle-ci coûte combien », se renseigne Andrea désignant une cafetière chromée. — ... et je dois retirer mon appareil dentaire dans deux semaines, pour l'été. Ça me réjouit et ça m'angoisse... Est-ce que les garçons vont enfin me regarder ? Aujourd'hui, ils se disent, elle a un *Bazooka* dans la bouche, demain elle va être formidable quand tout sera enlevé. Ils me voient dans le futur. Et s'ils s'apercevaient qu'en réalité, au présent, je suis moche ? En fait je n'ai rien d'extraordinaire à vous dire et je me sens même un peu misérable...

— Est-ce que tu sais prier Virginie ?

— Je sais le Notre Père, le Je vous salue...

— Pas des prières, mais prier. Est-ce que tu sais prier ?

— Je n'crois pas.

— Prier, c'est envoyer des messages personnels que le monde entier peut entendre. C'est s'adresser aux gens, au soleil, aux étoiles avec foi. As-tu déjà prononcé à voix basse : mon Dieu, mon Dieu, mon Dieu... Dans la rue, dans le métro, n'importe où ?

— Jamais.

— Entraîne-toi. Dis, mon Dieu, mon Dieu, dis ces mots avec ferveur, avec tout ce que tu as de plus généreux à l'intérieur de toi et le monde indifférent va te sembler plus accueillant...

— C'est une phrase magique ?

— Si on veut. La magie remplace souvent les liturgies.

« Je regarde si ce modèle est en stock », dit la vendeuse à Andrea qui venait de lui faire signe pour montrer qu'il avait fait son choix. Elle pianota sur un ordinateur.

— Je sens que je vous dérange... Vous voulez qu'on se rappelle, moi aussi j'ai un portable.

Virginie donna son numéro, le répéta pour qu'Andrea prenne le temps de le mémoriser. Elle raccrocha.

Il put alors se concentrer sur son achat et soupeser une cafetière blanche de marque allemande, avec un socle et des boutons chromés. Sur l'étiquette : ARRÊT AUTOMATIQUE À ÉBULLITION, CONTENANCE DIX-HUIT TASSES, CONTRÔLE ANTIDÉTARTRAGE. Mentalement elle était à lui, chez lui, gorgée des grains de café du prochain matin.

de vivre dans une des régions les plus riches du monde, d'avoir une monnaie unique et le plaisir de voyager dans quinze pays sans devoir passer chez ces voleurs des bureaux de change, si c'est pour finalement déprimer à tout bout de champ ?

# 12

Ce matin, j'ai pensé à une femme, comme au sortir d'un rêve, une femme blonde avec qui je vivais et qui était exactement celle que j'avais imaginée le jour où, adolescent, je m'étais lancé à la conquête de l'amour. Elle se tenait auprès de moi, dans l'appartement où je suis en train d'écrire et mon plaisir était de m'extasier à la regarder exister. Comme s'il s'agissait d'une respiration où j'aurais pris conscience de l'air inspiré, et que j'aille remercier le monde de voir ainsi mes poumons s'emplir et m'offrir ce qui permet de rire, de penser, de jouir, je songeais : cette femme blonde est l'oxygène qui m'entre dans le corps pour jouer avec mon sang, faire des échanges de chimie et rendre mes globules aussi rouges qu'un drapeau.

Le docteur Chestonov, mon médecin de chevet, me dit, c'est encore une de vos hallucinations cette femme blonde ! Vous ne devriez plus utiliser votre portable, ni boire l'eau du robinet comme vous faites, il y a trop d'ondes pernicieuses dont nous ne savons rien, trop d'aluminium — cancérigène — dans l'eau potable des grandes villes. Protégez-vous de toute nocivité, car enfin, à quoi cela sert-il de vivre dans une des régions les plus riches du monde, d'avoir une monnaie unique et le plaisir de voyager dans quinze pays sans devoir passer chez ces voleurs des bureaux de change, si c'est pour halluciner et déprimer à tout bout de champ ? Bien sûr il y a le prion, le révon, Ebola, le VIH qui n'arrangent rien... Et encore les animaux en batterie, les pluies acides, l'effet de serre, les OGM, je sais tout cela et moi non plus ça ne me rend pas heureux. Mais il y a quand même des réponses à ce chaos : le Viagra, le génome décrypté, les antidépresseurs — vous ne les avez pas arrêtés j'espère —, la loi sur la parité, Internet, le Tribunal pénal international ! Regardez autour de vous, les gens s'amusent, ils font le jeu du *Millionnaire* à la télévision, vont sur une île déserte aux frais de la princesse avec les plus belles filles du monde, ils jouent à Robinson Crusoë devant des caméras Sony... Ils ne se posent pas de questions, ils vivent et jouent avec ce qu'on leur propose. Quand vous étiez enfant vous hésitiez entre faire la vaisselle ou une partie de baby-foot ? Aujourd'hui, c'est pareil, y a ceux qui s'amusent d'un rien et les autres, les mélancoliques qui cherchent partout où est la faille, en quête de ce qu'ils n'ont pas. C'est une disposition mentale.

— Justement docteur, mon hallucination, j'aimerais la rencontrer.

— (soupir).

## 13

C'est une question de cœur, se dit Milos, de cœur à l'ouvrage. Pourquoi l'entrain s'éteint-il, comme les désirs ? « Ne plus désirer est une affaire de chimie », confiait-il le matin même à Andrea. « Tu pensais que le désir était une attitude, une permanente électricité qui circule entre les êtres, l'élan naturel qui porte *ad vitam aeternam* vers un sexe, vers la beauté et les astres de passage... Erreur, le désir est un organe Andrea, une glande invisible qui sécrète de l'attirance et qui un jour te dit, désormais mon nom est indifférence. Imagine le choc quand tout ton corps te poussait comme une fusée vers des mondes à conquérir et que tu entends, je veux rester là, sur terre, ne pas me sortir de la pesanteur, je veux rester au sol, ramper, suer, connaître le poids des corps sans rien qui les conduise à voler. »

Question de cœur à l'ouvrage et de volonté, se répète Milos. Ai-je la volonté de continuer à chercher ? Qu'est-ce qui aujourd'hui pourrait me pousser à me dépasser ? Les femmes sont épisodiques, voire absentes, mon fils ne me parle plus, ma psychanalyse qui occupait la moitié de mon temps est terminée et là, je suis assis face à moi, je me regarde et j'ai honte. Rien n'est reluisant, mais bon... Les bilans sont pathétiques, du remords en veux-tu en voilà, contritions publiques et repentances... Pourtant je me confesse, nettoie mon corps à la Contrex, prends de la DHEA, du magnésium, et je sais pourtant que tout va à sa perte. J'ai traversé un siècle qui vient de prendre fin. Vivre, ça devrait signifier vouloir mieux, plus haut, plus grand, et je ne vois que des gens qui ne désirent qu'un bonus à l'assurance et qui font la queue toute une nuit pour être les premiers à posséder la Play Station 2 : Dreamcast ou PS2 ? Tant d'argent pour si peu de vraies joies...

Milos va et vient dans l'atelier.

Il regarde, ne regarde pas les toiles posées, accrochées, disséminées. Il se demande si on peut dire qu'il y a là toute une vie, dans ces formes, ces couleurs et la tension permanente qu'il y a eu à fabriquer du sens à ce qui semble ne pas en avoir ? Non, l'essentiel est ailleurs, conclut-il, dans les visages perdus, les madones éphémères, les gens que j'ai détestés, dans les corps froissés d'être trop étreints, ceux qui se sont fanés d'être oubliés. Ma vie est dans l'animalité, dans l'échange qu'il y eut avec les corps. Je les aime, se dit Milos, comme sans doute les aime Andrea, mon anachronique préféré, qui croit que les hommes sont le centre de tout, alors qu'on les dissèque, qu'ils sont broyés, défigurés jusqu'à devenir des consommateurs zélés de toute nouveauté. Un petit nombre sait quoi faire du monde, les autres non, et se taisent. Ils s'entraident parfois, se chérissent, se haïssent et se tuent pour l'éraflure d'une voiture, se laissent convaincre qu'ils n'y peuvent rien, abattus par tant de dilemmes.

Milos observe les centaines de Polaroïds de son visage. Avant de mourir, les coller sur un pan de mur, songe-t-il, que l'on voie la mort en action, une vie en train de disparaître alors que chacun feint de tout maîtriser. Y compris le temps.

# 14

Un des messages du matin réclamait la présence d'Andrea aux alentours de cinq heures dans un café des Halles, *le Bar de l'oubli*.

Il a posé sa nouvelle cafetière à même le carrelage. A la table d'à côté, trois jeunes Anglaises exhibent des cartes postales de tableaux, Van Gogh, Monet, Delacroix. Elles ont posé sur la table un sac plastique portant l'estampille *M* et *O*, majuscules du musée d'Orsay.

Le rendez-vous d'Andrea ? Un jeune garçon aux cheveux ras et au blouson trop étroit. Aussitôt arrivé, il se laisse déborder de mots.

— J'ai honte Andrea, on était trois ou quatre avec les frères Bartolone, la fille, c'est Michelle, celle qui travaille au centre commercial, ça s'est passé hier soir après le match de volley, on avait préparé une caisse de bière dans la cave et un des Bartolone avait dit à Michelle, si tu descends pas ce soir je vais *cicatriser* ton jeune frère, vite fait, les mains, puis une joue, puis l'autre joue, tu vois ça fera un tatouage en direct de chez Laguiole... Alors, elle est venue avec nous, j'avais honte parce qu'elle avait honte aussi, elle baissait la tête et pleurait, mais tout allait devenir facile, elle portait une robe, avec le soleil même les filles d'ici abandonnent les jeans, on était chauffés, le grand des Bartolone a commencé, c'est lui qui a enlevé la robe et il a dit à Michelle, danse, y avait un blaster qui jouait de la musique, danse Mimi pour nous tous, on va s'échauffer en te regardant... Et puis, tout s'est passé très vite, ils l'ont tenue par les jambes et les bras, couchée par terre sur les dalles, les deux Bartolone y sont allés en premier et moi j'ai pas pu attendre, j'ai tout fait dans les mains.

— Vous êtes des petits machos de merde, dit Andrea, violer une fille, c'est la tuer, pareil, tu comprends, c'est faire mourir le bonheur en elle, les choses douces et fraîches qui donnent envie de rire... Tu lui as demandé pardon ?

— J'ai pas osé.

— T'as bien osé la regarder, la toucher et si t'avais pas joui à toute vitesse, tu faisais comme les autres... Va lui demander pardon, dis-lui des mots gentils, tu verras, ça s'apprend et c'est pas honteux. Allez, maintenant tire-toi et viens me dire demain comment ça s'est passé avec Michelle. Moi j'irai lui parler, après je m'occupe des Bartolone...

# 15

Paris est autant peuplé de morts que de vivants. Allongés ou errants — des fantômes —, ils vagabondent dans les cimetières comme dans les rues et les maisons de leur dernière adresse citoyenne. Ils tracent sans relâche d'invisibles mouvements et on les imagine dans l'atelier, la chambre de bonne lorsqu'ils y écrivaient, y peignaient, on les surprend assis dans un bistroquet du 5e arrondissement, un verre d'absinthe sur la nappe ou encore, silhouette d'alchimiste penchée sur un bureau, une carafe d'eau sur le côté, discourant dans une salle du Collège de France. Morts poètes, morts romanciers qui hantent les mémoires, ancrés dans l'histoire d'une ville, initiateurs d'écrits et de révolutions, inventeurs de légendes.

Andrea a son agenda des morts bien en tête. Lorsqu'il passe rue Saint-Antoine, à l'angle de la rue Beautreillis, un visage crucifié lui apparaît — Jim Morrison — mêlé à une musique surgie d'une époque qu'il n'a pas connue, *love hides in molecular structures*... Comme aux abords du 120 Champs-Elysées, lieu de l'ancien Poste Parisien où Miles Davis, lèvre écorchée, joua la musique d'*Ascenseur pour l'échafaud*... Rue des Grands-Augustins, avec Picasso le Catalan, à l'œuvre du noir et du blanc, l'hommage aux martyrs de Guernica.

Andrea choie les morts et les vivants. S'il se rend au Père-Lachaise ou au cimetière du Montparnasse, ce n'est ni pour prier, ni pour adresser au ciel une supplique, mais pour converser avec des ombres, un de leurs romans à la main, un poème, leur manifeste. A Jules Vallès, *cette révolution qui passe tranquille et belle comme une rivière bleue.*

# 16

Pour le mariage d'une femme de ménage, on décide chez les Guillain de jouer les patrons prévenants : montrer que l'on ne rechigne pas à se mêler aux petites gens, aux émigrés, le sud de l'Europe, etc. Nœud papillon en soie, redingote et plastron amidonné pour le père. Elle, la mère Guillain, au visage de sabre, s'est contentée d'un tailleur strict de lainage gris aux revers de velours grenat, celui déjà porté au mariage du fils l'an passé. Mais de ce mariage-là, personne n'en parle. Motus et honte, le divorce a été demandé moins d'un an après la cérémonie des vœux et ils ne sont guère gênés pour traiter leur belle-fille de petite pute, pouffe et salope... Les Guillain ont du vocabulaire lorsqu'il s'agit d'invectives, et un divorce ne peut être réduit à une péripétie de la vie contemporaine, c'est « un péché, mortel et détestable, la trahison du lien sacré qui unit deux créatures divines ».

Camila, Française d'origine portugaise, femme de ménage chez les Guillain, se marie avec un beau Croate prénommé Dusan, arrivé à Paris il y a deux ans et qui habite porte de Bagnolet, à cinq minutes de la tour d'Ismalia et Andrea. Rencontre de hasard dans une brasserie, lui serveur, elle, en attente de romance. Regards, sourires, émotion, c'était un dimanche, le jour de congé de Camila. A la fin du service de Dusan, ils ont marché dans les rues — toucher, parfums, sons de voix — le long du fleuve, comme s'ils découvraient ensemble cette ville qui les emploie. Les bateaux-mouches garnis de projecteurs qui passaient régulièrement les ont illuminés quelques secondes, pareils à deux figurants de téléfilm aux visages surexposés.

Dans un premier temps, les Guillain ont argumenté... « Les Yougoslaves sont des petits truands, souvent proxénètes... D'abord, est-ce si urgent de se marier ? Vous avez un emploi stable, une famille, nous. Vous manquez de quoi ici ? » Camila a pensé merde, puis elle a souri en imaginant leur tête lorsqu'ils apprendraient qu'elle est enceinte. Deux mois, ça ne va pas tarder à se remarquer. Elle les quittera à la première vocifération. Finalement, les Guillain ont abdiqué et ce sont eux qui ont trouvé le curé, la paroisse, et offert l'aspirateur Rowenta.

## 17

Gueule ouverte qui aspire le vivant pour recracher misère et déchets, Paris est un gouffre. Tout ici se transforme, l'air, le bruit, le cri. Tout se vend, se console, s'exalte. On indiffère sans vergogne, on indiffère par goût, on marche sur l'ombre des passants comme si tout se piétinait. *Sublime cherche crachat, en vue soirées délurées : cyniques souhaités, dévots s'abstenir.* La mode casse les reins des lents, ceux dont les vies avancent avec le soleil, à l'heure d'hiver. La ville, un lieu sans milieu, migrant, fluctuant au gré des terminaux du métropolitain, au gré des grèves, des heures de pointe et pics de pollution. Les pistons tournent et les gaz s'échappent, $CO_2$, effet de serre, les glaciers se lamentent, régression, je fonds. *Rendez-vous devant la fontaine Saint-Michel, je lirai* le Premier amour *de Tourgueniev. Regardez bien les yeux des inconnues, moi seule aurai un mascara mauve, celui des Carmélites, les amantes du Christ.* Ville-rendez-vous, les amants en chasse se faufilent dans les culs-de-sac, caresses, corps dociles, le sperme jaillit, le plaisir est si court.

[illegible]

[illegible] de [illegible]

[illegible] Maintenant que la guerre est [illegible] vous retirez [illegible]

[illegible] qu'à [illegible]

[illegible] les petits

[illegible]

# 18

Mariage à la mode misère. Les vestes croisées sont élimées, les robes de tulle portent des motifs imprimés. Poignées de riz jetées à la sortie de la mairie du 20e arrondissement, des enfants en socquettes, de la musique slave et un seul chapeau à voilette, celui de la Guillain. Venu en ami et voisin, Andrea n'officie pas. Néanmoins, pour avoir le sentiment d'être quelque peu utile, il a rencontré les deux tourtereaux un mois auparavant pour un bilan théologique : résultat nul. Comment leur dire ? Il s'est tu. Que chacun assume...

*Full-Contact,* annonce le néon clignotant de la façade.

Des guirlandes ont déguisé l'intérieur de la salle de boxe du boulevard Davout en salon pour noces et banquets. Des dizaines de ballons sont collés au plafond. Sourires timides au sein du puzzle des familles qui viennent de faire connaissance sur le coup de seize heures au parking de la mairie. Peu de paroles, sinon conventionnelles sur la robe de taffetas blanc de la mariée. « On ira vous voir au Portugal l'année prochaine. Venez à Zagreb quand vous voulez... Maintenant que la guerre est finie, vous verrez, c'est mieux qu'à la télévision. »

Photographies, sourires fixes, on s'enlace, les petits flashes des appareils jetables excitent l'atmosphère.

Pour l'heure, le ring central est un stand d'exposition : cadeaux empilés, rubans à boucles dorées, bouquets de fleurs et, au milieu, posée sur un tabouret de bois recouvert d'une nappe, une pièce montée. Un jeune garçon s'est hissé au travers des cordes pour jouer les poids plume dans son petit habit noir et rouge. Boxe, boxe, boxe.

Lorsque Ismalia rejoint tout ce monde en milieu de soirée, ce sont les Guillain qu'elle repère en premier, elle demande à Andrea, « c'est qui ceux-là ? — Les patrons de Camila, informe-t-il. Des ultra-cathos qui lui avaient fait promettre de ne jamais prendre la pilule. — Je suis certaine qu'en hiver elle porte de la *vraie* fourrure... »

Le patron de la brasserie où travaille Dusan a offert le champagne, une caisse de demi-sec. Aux alentours de minuit, lorsque le vin commence à faire effet, l'orchestre qui a joué tout le dîner des airs traditionnels s'échine à vouloir faire danser. Mais on s'en moque car c'est à chanter que chacun veut s'essayer, dans sa langue d'origine, pour dire l'éloignement et la nostalgie. Le père du marié, muet jusque-là et légèrement ivre, vient de se lever en s'appuyant au rebord de table. Le petit garçon boxeur qui avait tourné toute la soirée autour de Mirjana, une jolie blondinette de dix, douze ans, insiste pour réciter un poème. En portugais. « L'institutrice m'a dit que c'était le plus beau poème du monde », insiste-t-il... Le père et la mère lui adressent des signes qui le font taire. Alors, pendant que chacun a les yeux fixés sur le vieux Croate qui entonne sa chanson, le garçon prend la main de la petite fille et l'entraîne sous les tables. Nappes blanches dans les cheveux, ils rampent et trouvent refuge sous le ring. Là, ils tombent sur un amas de cuir rouge, de cuir noir, des centaines de gants de boxe râpés.

Ils s'allongent sur le monticule et, pendant que s'exécute au-dessus de leurs têtes la chanson des Balkans, ils se serrent l'un contre l'autre. Ils se taisent et profitent de l'instant. Il dit tout bas, en s'appliquant pour que ses lèvres effleurent l'oreille de Mirjana, « moi quand je me marierai, il y aura un montreur d'ours, des cracheurs de feu et un feu d'artifice. A la fin, je monterai sur une table et je réciterai à ma femme le plus beau poème du monde.

— C'est toi qui l'as inventé ? demanda Mirjana.

— Non, un Portugais, comme moi... Ça s'appelle *Tabacaria.* Ecoute :

*Não sou nada*
*Nunca serei nada.*
*Não posso quere ser nada,*
*Aparte isso, tenho em mim*
*todos os sonhos do mundo...*

# II

# La nuit

# II

## La nuit

Les marées [illegible] pendant la nuit [illegible] entendre [illegible]. La ville ne se [illegible] pas [illegible] [illegible] ses [illegible] [illegible]. Qu'est-ce [illegible] de chants qu'elle [illegible] [illegible] projecteurs [illegible] [illegible] de la [illegible] [illegible] à la [illegible] [illegible] [illegible] [illegible] [illegible] [illegible] [illegible] [illegible] [illegible] de la [illegible] [illegible] [illegible].

La [illegible] [illegible] Sortes d'émotions [illegible] commence [illegible] jusqu'à quand [illegible] peut [illegible] au cœur des villes, elles [illegible] sur elles, les [illegible] [illegible] lever de la lune. Le [illegible] dans les [illegible] ressembleront demain, après-demain, [illegible] les pierres n'existeront au rêve, toutes figures du destin. On sait que l'on va se mouvoir ici et **pas ailleurs,** à l'intérieur de décors faits de mémoire de [illegible] d'habitudes. Dans la [illegible] où s'exigent [illegible]

## 1

Les mariés se laissent prendre par la nuit. Prendre, emmitoufler, étreindre. La ville ne se repose pas, elle râle de tous ses soupirs et leur offre un concert feutré. Qui répertorie autant de bruits qu'elle ? Feulements mêlés au crissement de pneus des voitures, projecteurs de cinémas, grésillement des feux de circulation et des ondes radio de la police. Les taxis rôdent, aux aguets, circulent de centre en périphérie à la recherche de l'humanité. Par les vitres baissées, des radios latines et africaines déposent leur bande-son sur les outremers du ciel. Le jazz pulse, éventre le rideau des perceptions. *For every remembered dream, there are twenty night-time lifetimes. Under multiplied arcs of sleep, Zombie existences become Existence...* Un saxophone soprano écarte les pans de la raison pour proférer un cri voué aux étoiles.

La jeune mariée ouvre la fenêtre de l'hôtel nouvelles normes, pleurer ? Surdose d'émotions, une vie commence, comment, où, jusqu'à quand ? Extase et peur. Les questions sont au cœur des villes, elles condensent sur elles les lassitudes réapparues au lever de la lune. Le futur est dans les rues. Elles se ressembleront demain, après-demain, les avenues, les pierres résisteront au rêve, toutes figures du destin. On sait que l'on va se mouvoir ici et pas ailleurs, à l'intérieur de décors bardés de mémoire, de savoir, d'habitudes. Paris, la matrice où s'extasient les imaginaires, puisque c'est là que les fictions prennent corps et âmes, dans l'instant.

C'est quoi ma vie, pense le marié. C'est quoi ma vie, se demande la mariée. Les jeunes époux se laissent aller à une combinatoire du virtuel et du réfléchi. Quel mouvement du hasard et des institutions nous a conduits là ?

2

Sur un scooter, boulevards des Maréchaux, Ismalia et Andrea roulent sur les pavés de Paris. Porte des Lilas, Pantin, Aubervilliers. Collée à lui, bras autour de sa taille, elle a posé sa tête contre son dos. Entre ses pieds, Andrea serre la cafetière électrique 1 000 watts. Lune pleine, lumière froide réfléchie sur les moiteurs du macadam. Nuit de permanence pour Ismalia à l'antenne *Cabiria,* un bus itinérant qui se pose trois fois par semaine dans les lieux glauques de prostitution free-lance. Andrea fait le détour par la porte de la Chapelle. « Toute une nuit et demain repos. Mérité, non ? » dit Ismalia qui se rapproche d'Andrea.

Comme si elle voulait profiter du bruit, que ses mots se mêlent aux moteurs et s'effilochent dans la vitesse et le vent, qu'enfin et surtout Andrea ne se sente pas obligé de répondre, et que le bruit environnant puisse compenser son éventuel silence, elle demande :

— Ça m'a toujours sidérée ton célibat. Si un jour je me déshabillais devant toi, tu banderais ?

— Oui... Et alors ?

— Et alors, rien. Rassure-toi, je ne vais pas te faire mourir du pire des péchés.

— Je n'emploie jamais ce mot. Mais j'ai fait une promesse.

— A qui ?

— A Dieu, petite conne...

A voir leurs ombres serrées, on pourrait penser à des amants, un couple qui va retrouver un lit commun, une étreinte et le sommeil partagé.

3

Depuis cinquante ans, aucune guerre n'a flétri le pays d'où j'écris. Plus d'un demi-siècle sans déclaration ni ultimatum, un record ? La dialectique des forces s'est soldée par des conflits locaux, industriels, une guerre froide, des mini-révolutions. Chaude la guerre... Froide l'apathie. Pourtant que de grèves, qu'elles soient de l'Amicale des joyeux syndicalistes ou des épouses violées. Grèves de l'enthousiasme, du fol espoir, des meurtrissures.

*22 mai, 10 h 23, station Louvre : une voyageuse s'est jetée sur la voie à l'entrée d'une rame en station. Après l'arrêt du train, elle est retrouvée entre la première et la deuxième voiture d'où elle est dégagée par les sapeurs-pompiers. Blessée au thorax, aux membres inférieurs et à la face, la victime est soignée sur place par le Samu puis conduite à l'Hôtel-Dieu où elle a été admise. Interruption du trafic : 1 h 41.*

Les solitudes ne s'affichent pas, elles se tapissent au creux des ADN pour ne surgir qu'à retardement... Cancer du bannissement, cancer de l'enfermement, cancer du silence, cancer de l'indifférence. *Les désirs inassouvis engendrent la pestilence...* Au centre Primo-Levi de l'avenue Parmentier, des hommes et des femmes recommencent à donner sens à leur parole quand les premiers mots qui surgissent prononcent des noms de miliciens.

Marie, la mère d'Alice, m'écrit cette fois une lettre : « J'ai le sentiment d'être vidée, épuisée, volée.

Comme si je revenais d'une autre dimension, un lieu inconnu du monde, et que personne ne puisse accepter d'écouter ce que j'ai été amenée à vivre. Un enfantement, c'est un voyage hors du contingent, à l'extérieur de la terre. J'ai vécu une odyssée, avec un être venu de nulle part, qui m'a bouleversée. Jamais je n'ai senti aussi intensément ce sentiment d'étrangeté. Etre sortie de la vie ordinaire, non pour s'étonner de tout, mais se laisser engloutir avec délice dans l'ailleurs. Je t'écris parce que je sais que, quel que soit ton jugement, il n'aura pas prise sur ce que je suis. Ecriture donc, pour dire à travers toi, au monde, aux Terriens, que je reviens d'une aventure à haute densité archaïque, là où tout se décide à l'aune du plus profond, enfoui sous les sables, les déserts, les fonds marins. J'ai réinventé notre longue histoire du vivant en seulement quelques mois. L'étrange est ce temps ancien rattrapé, celui d'avant les mots, d'avant l'intelligence, quand tout n'était que flux, tellurisme et forces célestes. Alors voilà, je suis une pauvre chose qui vient de faire le grand écart sur quelques milliards d'années et ça me rend faible. Faible et nostalgique. Non d'un paradis perdu, mais d'un bonheur non trouvé. J'aime le père de mon enfant, j'aime la vie, j'aime Alice, et je sombre. Comment expliquer une telle défaillance lorsque l'univers vient de confectionner un corps à la bonne nouvelle ? »

# 4

Le stylet pénètre tendrement la peau de la petite Vietnamienne. Légers sursauts électriques, grésillement, un contour se dessine lentement, celui de trois corolles d'orchidée. Du sang jaillit, infimes perles rouges pendant qu'à deux millimètres de profondeur un pigment anthracite se dépose pour toute une vie. Un projecteur chromé délimite un halo de travail sur le dos de Xuân Lan, offerte, nue sur un sofa recouvert d'une couverture écrue. Elle plisse la bouche, yeux fermés, tandis qu'elle sent les lèvres de sa peau s'écarter de chaque côté du poinçon. Un sceau pour toujours, notre alliance gravée dans la peau, notre lien, se dit-elle... Elle pense à une brûlure délicieuse, au baiser de poison que lui confie son amant, à genoux, penché au-dessus de son corps, les aiguilles à la main. Lui aussi se tait, concentré sur le noir de Chine, la justesse du trait, seule une musique répétitive et lancinante investit l'appartement resté dans la pénombre. A travers les baies ouvertes du toit, le ciel laisse filtrer des lueurs d'étoiles sur les meubles de l'atelier. L'orchidée lovée entre deux omoplates sera enrichie tout à l'heure d'amarante et de fuchsia, le temps que l'amant-tatoueur relève la tête, nettoie son instrument, et le plonge dans de nouveaux flacons de couleur. *Nuit controversée, rêves immobiles...*

Rafik a étudié aux Beaux-Arts, s'est essayé à la bande dessinée et travaille à présent dans un bureau de graphisme. Mais demeure la passion des débuts : les signes gravés à jamais dans un corps. A l'occasion d'un voyage à Amsterdam, il offrit pour la première fois sa peau à un maître tatoueur venu de Yokohama qui exécuta, avec des baguettes de bambou, les magnifiques dégradés glissant du noir au gris acier pour former l'idéogramme de *la cérémonie.*

Justement, c'est d'une cérémonie que Rafik rêvait : proposer une longue élégie graphique à une femme, afin qu'elle acceptât le tatouage-poème qu'il imaginerait pour elle. Arrivée d'Hô Chi Minh-Ville avec sa famille à la fin des années soixante, Xuân Lan fut la première fille à accepter de faire *alliance.* Accepter, puis désirer que sa peau devienne un territoire sacré, le lieu d'une œuvre amoureuse.

Pour l'heure, l'illustration de la partie avant du buste est déjà avancée : s'y mêlent une sourate du Coran en calligraphie ottomane, une pivoine aux pétales rouge sang sur chaque sein, un visage de femme asiatique aux longs cheveux noirs dans lesquels s'enchevêtrent les mots d'un amour insensé, suivis du nom de leur auteur, Maria Alcaforado. « Une religieuse portugaise du XVIIe siècle follement enamourée d'un militaire français », précise Rafik à la jeune Vietnamienne...

Afin de devenir une digne ambassadrice de la nouvelle histoire que son corps allait raconter au monde, plusieurs soirs de suite Xuân Lan lut les lettres de la jeune nonne dont elle ignorait l'existence, jusqu'à ce que son nom s'incruste pour toujours dans sa peau.

« ... *Les religieuses les plus sévères ont pitié de l'état où je suis ; il leur donne même quelque considération, et quelque ménagement pour moi ; tout le monde est touché de mon amour ; et vous demeurez dans une profonde indifférence, sans m'écrire, que des lettres froides, pleines de redites, la moitié du papier n'est pas remplie et il apparaît grossièrement que vous mourez d'envie de les voir achevées... Adieu, je n'ose vous don-*

*ner mille noms de tendresse, ni m'abandonner sans contrainte à tous mes mouvements. Je vous aime mille fois plus que ma vie, et mille fois plus que je ne pense... »*

# 5

Dans l'appartement de la *Cité de la Renaissance*, une étole brodée de fils d'or s'étale sur le bureau en pin qui fait office d'autel. Un ciboire ciselé, un crucifix argenté sont posés sur le côté, cadeaux de Nina la mère pour l'ordination de son fils. Un poste de télévision est allumé, son absent. Du balcon, Andrea regarde à la verticale la maigre rangée d'arbres plantés autour d'une esplanade en béton ocré, dix-huit étages plus bas. Deux petits groupes discutent, assis sur les bancs de rondins sous l'auréole d'un réverbère. Des garçons. Par-delà les boulevards de ceinture, la ville indifférente et secrète lance ses scintillements au milieu d'une mer de bâtiments. Une rumeur s'élève, diffuse, une confession. Sur la droite en contrebas, des bagnoles foncent dans la nuit sur l'autoroute A3 jaillie du périphérique.

De son mirador, Andrea observe la nuit sur une ville qu'il quadrille chaque jour, les monuments, les collines, les tours de verre de La Défense, celles de Saint-Sulpice, les masses sombres des bois de Vincennes et de Boulogne... Ils sont là ceux qu'il a écoutés, assoupis, rêvant, recroquevillés dans des draps ou transis, à l'entrée d'un magasin. Blessures et malaises sourdent de cet amas d'ombres et de photons qui vacille. Il se dit qu'il est un colporteur de grisaille, qu'il transporte chaque soir la cargaison de souffrances engrangée durant la journée pour la faire mourir ici, dans un trois-pièces de la périphérie. Anéantir le surplus, le trop-plein, ce que chaque gorge parvient à recracher de maudit.

Dans quels replis de lumière se niche la foi, l'élan intense, insensé, irréductible aux mots, l'intime pensée pour l'en-dehors de la raison ?

J'ai trente ans et je me coltine la misère. Pourquoi cette sollicitude ? Est-on fait pour ça ? Qui a rêvé à dix ans d'être un écouteur de misère ? Pas moi, j'ai rêvé de parcourir le monde, d'être médecin, navigateur solitaire, poète... Et puis un jour il nous faut répondre à un regard apeuré, et un sursaut compassionnel fait le reste. « Je ne suis pas né pour devenir squelette, lui a dit Maurice, un jeune type séropositif. Mon corps ressemble à celui de mon grand-père mort en camp pendant la guerre, la maigreur c'est la marque du bannissement. »

Que choisit-on vraiment, écrit Andrea dans son *Journal des doutes,* quelle part de soi est gouvernable ? Mon célibat me déchire, j'aimerais trouver réconfort et dialogue dans la tendresse d'un corps, une présence : l'autre, énigme aussi infinie que celle de Dieu, le lieu des rendez-vous humains entre soi et le reste des vivants. Avoir rendez-vous matin et soir avec un être unique, ambassadeur de l'humanité, c'est cela l'amour. Ma promesse de chasteté est-elle le fait d'un orgueil démesuré, ou simplement ma foi qui rédige une loi pour moi sur terre ? Rendez-vous multiples, jeunes, vieux, visages sans âge d'hommes et de femmes, je côtoie des corps qui me parlent de souffrance et non d'amour. Je suis seul à aimer, seul à consoler, seul à écouter. Comment être certain que je ne me trahirai pas ? Où puiser la force quotidienne pour continuer de donner, ce que je désire plus que tout partager ?

## 6

Destin étrange que celui d'Andrea, amoureux de l'Eternel absent, alors que s'est présenté un jour le subtil *animal* bourré de génétique et d'histoire naturelle autant qu'universelle, une femme, qui avait marché durant trois millions d'années, du lac Turkana (Kenya) jusqu'à Nancy (France) — puisque c'est là qu'eut lieu la rencontre — pour venir se présenter, au nom de l'humanité, à celui qu'elle avait choisi.

*Kenyane* blanche, née à Menton, près d'une frontière, à trois enjambées de la mer, l'*animal* qui se prénommait Mathilde avait ses vingt-trois paires de chromosomes XX en parfait état, un génome en décryptage final et des acides aminés qui ne songeaient qu'à s'échanger les infos du jour. Andrea aima, n'exista toute une nuit que pour une respiration qui n'était pas la sienne. Tout cela dans un temps peu éloigné d'aujourd'hui. Un temps ? Une éternité encore proche et qui s'incrustait. Les amours avortées ont la particularité de s'enfoncer dans les mémoires à coups de pieux et de barres à mine afin que les explosions ne puissent se produire qu'à l'intérieur. En silence, sans dégâts collatéraux apparents.

Andrea en fut réduit là, au lendemain de son ordination.

Car les révolutions ne se présentent jamais dans le bon ordre, et pour lui la chronologie fut un désastre :

rencontrer l'amour sur terre juste après avoir lié sa vie au ciel lui apporta un trouble extrême.

POTION AMÈRE : s'affrontent deux raisons d'exister ou de se nier, de mourir à l'instant en refusant, et le cadeau tardif, et le parjure.

INSTANT PRIVILÉGIÉ : être le spectateur attentif d'une rarissime coïncidence et pouvoir *in vivo* regarder se tracer *la ligne de partage de son destin.*

Que serait aujourd'hui Andrea ? Epoux et père sans doute, héros d'une famille, attentif au babil d'un enfant, aux rêves d'une femme, aux mots prononcés pour en décrypter l'histoire, amant attentif aux menstrues, aux seins qui se gonflent, au trajet de l'ovule dans la trompe de Fallope, écoutant la voix du matin de cette femme lui dire au revoir, qu'elle l'aime, l'entendre dire encore, de sa voix du soir, je veux passer ma vie avec toi. Andrea serait mari, amant et père, trois beaux titres pour un homme...

Un attachement forcené au serment prononcé prévalut.

Le *dit* d'Andrea — la parole proclamée et dont chaque élément de la planète fut le témoin, de la bactérie *Escherichia coli* aux volcans en passant par les magnolias — ne pouvait être trahi, voire renié au profit d'un être du bas monde. A moins que ce ne soit le principe de Maupertuis, dit de moindre action, qui l'ait emporté : « Parmi tous les trajets possibles, un corps emprunte toujours celui pour lequel la quantité d'action est moindre. »

Principe qui aurait conduit Andrea à choisir ce qui venait de se produire plutôt que ce qui allait advenir. Se défaire de Dieu n'est pas une mince affaire et tout parieur sur l'au-delà préfère, dans le doute, miser sur l'éternité plutôt que sur le temps d'un mariage.

Angoisse du reniement ? Curieusement, il n'envisagea pas un seul instant d'offrir son âme à Dieu et, dans le même temps, son corps à Mathilde. A moins encore qu'il n'ait pensé que l'un devait forcément être mêlé à l'autre, puisque personne n'avait trouvé la ligne de pointillés d'où on pouvait les détacher.

A l'énoncé du refus, Mathilde disparut. Un envol qui déchire l'azur et se tait. Un temps, Andrea pensa que tout était bien ainsi. Chaque chose en son lieu, chaque chose dans un cœur et dans le monde. La place de Mathilde était ailleurs, pour un autre homme, un toit et un ciel qui ne pouvaient ressembler à ceux d'ici. Les avenirs de l'un et de l'autre avanceraient divorcés.

# 7

Assise dans le fourgon de sa camionnette avec lit amovible, réservoir d'eau et lavabo en inox, Lena fume et attend. Le client. Les clients, conducteurs de gros cubes, camionneurs en transit, à bout de fatigue, des Allemands, Anglais, Danois, Néerlandais... L'Europe des Quinze. Boîtes de préservatifs et essuie-mains posés sur la banquette avant, une lampe à gaz suspendue éclaire l'habitacle. Pour l'heure, deux types, des Français, sont montés. Deux fois deux cents francs, égal quatre cents... Maigre ! Et puis, peu avant minuit, comme pour couronner la soirée de chien, il y eut ce gros baraqué habillé comme un chasseur alpin, et qui ne voulait pas de protection. « Moi je paye et je veux pas de capote, t'as compris ?

— Moi je travaille et je ne veux pas mourir. Alors tu me payes, on est d'accord, mais tu te mets le plastique sur la queue, dit Lena qui était restée assise sur la banquette.

— Tu commences à m'emmerder, y a une chance sur un million pour que cette merde nous casse... D'abord j'en ai pas sur moi.

— Tiens, j'ai ce qu'il faut. Celles-là, elles sont roses et elles sentent la fraise... T'aimes pas la fraise ? »

Elle riait. Elle se dit, le gros con, il va mettre sa capote sinon rien. Déjà qu'il répand une sueur de huit jours. « La dernière fois que tu t'es lavé, c'était Amsterdam ou Copenhague ? »

Un trente-huit tonnes venait de ralentir pour se garer juste à côté de la camionnette de Lena. Moteur tournant. Je vais lui dire de filer, on ne s'entend plus ici...

La minibus de Lena se languit porte de la Chapelle dans la contre-allée qui longe l'envol de l'autoroute du Nord. Un réverbère tous les cent mètres, une usine de la Seita, une autre de transport routier aux grilles fermées et, à part les camionneurs et connaisseurs, aucune surprise désagréable à envisager.

Lune blafarde pour cette nuit, des nuages qui la voilent comme des petits morceaux de cervelle éparpillée. En permanence à portée de main, Lena tient prêts une bombe lacrymogène et un portable avec le numéro des *Cabiria* précomposé, l'antenne sanitaire installée sous une bretelle du périphérique.

— Alors, tu te décides ? C'est capote, ou rien ! Moi j'ai pas envie d'être la plus riche du cimetière...

Le type met la main dans sa poche, Lena sur le qui-vive. Il ressort un billet de cinq cents francs. — Et ça ! Tu les veux ou tu les veux pas ? Lena prend le billet, inspecte. — Trop neuf pour être honnête, reprends ça... Elle dit, j'te branle si tu veux. Sans gants ! Elle rit. Lui : j'me branle tout seul, j'ai pas besoin de toi connasse, et il est ressorti en lui octroyant quelques jolis noms en langues européennes.

Ça allait comme ça, Lena en eut assez pour ce soir. Après avoir averti trois copines, elle ferma boutique et se rendit vers la bretelle Plaine Saint-Denis, là où se trouvait le bus blanc des *Cabiria.* Pause-café, discussions, cigarettes, médicaments... En chemin, elle se faufile entre les camions et jette un œil sur sa montre. Appeler sa mère. Elle va sous les arches de l'autoroute pour tamiser le bruit de la circulation. « Allô, maman. Je ne te réveille pas ? J'ai été au cinéma, je viens de rentrer. C'était le film de Kubrick, *Eyes wide shut,* le garçon ment sur ses rencontres et elle, elle le trompe en rêve. J'ai bien aimé, c'est comme dans la vie, on voudrait toujours en dire plus... Comment tu vas ? Ton bridge, il tient maintenant ? Si ça remue encore, change de dentiste, je t'aiderai, c'est pas un problème. Tu dois pouvoir mastiquer normalement, sans gêne. Sinon, c'est pas la peine... »

Conversation qu'elle poursuit une fois arrivée près du bus. Accoudée contre la carrosserie, elle pose son regard vers l'intérieur, aperçoit au travers des vitres une Ismalia souriante qui remplit d'eau une machine à café. Lena aime cette fille. Il faudrait continuer dans la journée les conversations de la nuit. C'est comme ça ce soir que Lena voit les choses.

Elle dit au revoir à sa mère, éteint son portable, passe la main dans ses cheveux et détache ses faux cils.

# 8

Dans le quartier République, Luis ne dort pas.

La limite entre le jour et la nuit lui est si indifférente que souvent il aimerait en inverser le cycle. Clair / sommeil, obscur / réveil, intervertir les nécessités de la lumière et de l'opacité. Pour lui, la succession des jours et des nuits se règle sur la matière sonore. Intensité touffue, plus humains, les sons de la nuit sont précis et il en connaît revirements et agencements. Mixage méticuleux, tout se règle afin qu'aucun tapage ne domine la délicatesse d'un soupir. Il identifie clapotis, crépitement, cliquetis sans difficulté et s'il hésite, l'imagination résout chaque ignorance. *La nuit dehors bâillonnait les bruits...*

Plusieurs fois, il compose le numéro incomplet de *Robe noire.* Le doigt reste en suspens au-dessus de la dernière touche. Par quelle phrase commencer ? Je suis *Camion bleu,* celui de la bretelle A10 près de Bordeaux, il est tard... (Non, ma voix va me trahir...) Je ne suis pas *Camion bleu* mais j'ai pensé... Vous dire simplement que j'ai aimé votre petite annonce et...

Il se décide à appuyer sur le dernier chiffre, la fille est absente, une boîte vocale. Il hésite puis se lance... « Je sais qu'il est tard, et je suis finalement heureux de ne pas vous trouver là, en direct. Grâce à la messagerie je ne vous dérange pas et, de plus, ma timidité s'envole. Votre annonce m'a touché, c'est un ami qui me l'a lue car je ne vois pas. Pas malvoyant, aveugle. J'aime le son des voix, les violoncelles, surtout les bruits de la nuit, quand les marteaux-piqueurs sont endormis. Ce qui me plaît dans l'annonce, c'est que ce soit vous, la fille à la robe noire qui l'ayez écrite, et non *Camion bleu.* Rares sont les filles qui ressentent le besoin de retourner ciel et terre pour retrouver une apparition. Je vous donne un numéro de téléphone. De jour, de nuit, je suis en éveil... »

Après avoir raccroché, Luis entreprend de faire le énième tour de son appartement, s'arrête sur chaque objet, chaque bibelot posés là à dessein pour être effleurés, identifiés du bout des doigts, afin que leur image, la couleur, les brillances se forment en même temps dans son esprit, que sa mémoire s'exerce à ne rien oublier de ce qui ravit les yeux.

Sur le clavier en braille de son ordinateur, Luis écrit : *Chapitre un, Robe noire et Camion bleu.* Il verse de la vodka givrée dans un verre, allume un cigarillo compressé à La Havane, s'allonge sur le sofa et continue de rêvasser en écoutant, fenêtres ouvertes, la voix de la ville.

## 9

La voix nocturne de Paris est une plainte ininterrompue. Ruban sonore où s'empilent les râles des arrondissements, les craquements de lits, les soupirs postsynchronisés des films du porno, les verrous qui coulissent en quatre points et bloquent les entrées, il traverse les rives du fleuve avant de tomber dans les oreilles attentives. Si la caresse d'une paume sur le granulé d'une aréole n'est audible que pour les seuls amants, il n'en va pas de même lorsque des millions de mains déshabillent et effleurent, que les talons aiguilles tombent d'un canapé, que les jarretelles claquent, que les *dentelles et rubans d'amertume* frissonnent, que les corps par milliers produisent les allers et retours mouillés de l'amour, qu'autant de bouches s'humectent de la salive d'une autre bouche, d'une autre langue, que les jouissances jaillissent de la nuit et s'apaisent. Luis, à l'oreille exercée, est expert pour localiser les décibels amoureux de la ville et mixer séparément le tumulte des moteurs à explosion de la mécanique des plaisirs.

Chaque nuit, Luis écoute la bande-son d'une ville invisible dont il enregistre pulsations et respirations — stéthoscope avisé —, avec la minutie d'un voleur de coffres.

9

[illegible]

[illegible] des petits gâteaux secs. Des pneus [illegible] non loin de là. On pense à des flics, on regarde. [illegible] Armande, [illegible] et boucles d'oreilles [illegible] la portière d'une Volvo Break. Lui, il préfère du bus

10

Bénévole et responsable d'une association qui milite contre le sida, Martine a recruté Ismalia au début de l'hiver : « Tu te sens d'offrir de ton temps à des délabrés, michetonneuses, travestis... ? »

Cette nuit, ils sont quatre dans le bus blanc de la porte de la Chapelle : Ismalia, de roulement toutes les dix nuits, Martine, mais aussi Dimitri et Julie, ex-prostitués salariés à mi-temps par l'association. Pas longtemps seuls. Ça défile, entre, sort, se plaint, pleure... Lorsque Lena ouvre la porte, elle reconnaît deux petites beurettes et une Lettonienne. « Ici au moins, y a des fleurs. » Lena a le même âge qu'Ismalia, vingt-quatre, vingt-cinq ans, elles s'embrassent. « Tu pourrais me prendre la tension s'il te plaît... Je me sens vidée. Tout à l'heure, j'ai encore eu un mec qui ne voulait pas se couvrir. Il est parti en hurlant. Bon. Il n'a pas sorti de couteau comme l'autre nuit. Tu n'étais pas là... C'était un Espagnol ou un Portugais, il m'a mis la lame sur la gorge, tu vois l'effet... J'essayais de prendre ma lacrymo et il appuyait. J'ai pensé que j'allais mourir comme une conne, toute seule dans cette banlieue pourrie, sans dire au revoir à personne... »

Dimitri sert des cafés avec des petits gâteaux secs. Des pneus crissent non loin de là. On pense à des flics, on regarde, mais c'est Armando, string, bas résille et boucles d'oreilles fluo qui déjà referme la portière d'une Volvo Break. Lui, il profite du bus pour entretenir son traitement contre la chute des cheveux. « Quand je vais chez un médecin, il me regarde si bizarrement que je m'attends toujours à ce qu'il me donne l'adresse d'un vétérinaire ! » Il tend ses boîtes de Bépantène et Biotine à Ismalia qui remplit une seringue, quatre ampoules de 2 ml. « Les fausses femmes sont guettées par la calvitie des hommes, quelle horreur ! dit Armando, simulant une extrême contrariété.

— Quand tu seras vieux et chauve, laisse-toi aller, redeviens un mec...

— Nous, on ne devient jamais vieux... Tu as déjà vu des travelos de soixante-dix ans ? Le monde nous pulvérise. »

Dehors, le groupe électrogène produit son ronronnement continu. A l'intérieur, les conversations se croisent, enflammées... Sourires, mélancolie, tout chavire pour un mot vrai.

Au lever du soleil chacun repartira vers le jour, les autres, les regards, la norme. Dormir.

11

Milos a peint jusque tard dans la nuit. Brusquement, il a ressenti des fourmis dans l'avant-bras gauche, puis dans tout le bras et a pensé à une attaque cardiaque. Il paraît que les infarctus s'annoncent ainsi, douleur dans les épaules, puis les bras. Il s'est allongé anxieux, Lexomil, une barre complète. Il a voulu appeler SOS Médecins, puis s'est ravisé. On verrait plus tard, au réveil. S'il s'endort. S'il se réveille. Lorsqu'il s'attarde sur un tableau, exténué de gestes et de couleurs, il préfère ne pas s'éloigner et dormir dans l'atelier au milieu des toiles et des odeurs de solvant. Il pense aux généraux napoléoniens qui passaient la nuit sur le champ de bataille, prêts à la secousse, le heurt avec l'ennemi, prêts à la mort. Il a songé appeler Andrea, une confession ultime au cas où la mort viendrait à surprendre, être lisse. Sans doute dort-il. N'importuner personne.

N'appartenant à aucune Eglise, Milos s'est allègrement passé de Dieu. Mystique de la forme et du geste, de la fulgurance des instants, il sait s'agenouiller pour un trait parfait. Il pleure après une journée de traces rouges, vertes, noires, lancées pour rien, seulement pour lui, devenu spectateur universel d'un festin acrylique, sa grammaire inventée. Ses rencontres avec Andrea n'ont lieu que pour la beauté du moment, sa transparence : apparaître jour après jour sans le vernis craquelé des mesquineries en déversant dans une oreille attentive les petites défaillances de l'âme. Certains méticuleux époussettent et récurent, se lavent mains et ongles minute après minute, Milos est un maniaque de l'immaculé. Religieux de l'esthétique, ce n'est qu'après la visite journalière d'Andrea qu'il ose affronter la toile : blanc contre blanc, deux virginités qui se font face pour tenir tête à l'imperfection.

Même si ses tribulations dans une Europe effervescente l'ont amené à se surpasser en des lieux où la vie pouvait dépendre d'un regard, le passé lui est devenu indifférent. Les mondes d'hier sans cesse revisités, magnifiés, s'auto-embellissent pour devenir des rêves qui n'ont jamais existé. Pourtant, songe Milos, je ne me souviens guère de ciels bleu azur, de l'amabilité des chauffeurs de taxi, des sourires de bienvenue, des langueurs automnales à attendre l'heure du dîner. Je ne me souviens pas de béatitudes, d'esprit serein, de calme et de satiété. Tout fut difficile, à l'arraché. La souffrance l'a emporté sur la félicité, comme le chagrin, comme l'incertitude des choses, des êtres, comme le manque d'amour, comme les téléphones muets, comme la pluie, les onglées, comme la peur, les affres de l'absence, l'insomnie, les suées nocturnes, réveils ankylosés, l'anxiété d'un départ, l'anxiété d'un retour... Oui, tout fut difficile, le monde d'hier ne suscite ni regret, ni nostalgie, chaque instant fut vécu comme au sortir d'un match où il aurait fallu combattre afin que l'on consente à nous délivrer une once de quiétude. Oui, la souffrance l'a emporté sur la félicité, et je parle d'un monde où tout fut plus facile qu'ailleurs...

Il va se relever. Prendre un cliché de l'artiste en perdition... Ne pas attendre l'arrivée du matin comme à l'accoutumée. User du flash, la lumière qui sculpte leur relief aux choses, à la peau des corps, elle qui inventa les ombres. L'appareil est vissé sur son pied, en permanence réglé sur autoportrait. Milos appuie et s'assied dans le fauteuil de cuir défraîchi qui ne sert qu'à cette posture quotidienne. Dix secondes, clic. Attente du Polaroïd. C'est ce témoignage de nuit, la paupière droite légèrement tombée, qu'il exhibera tout à l'heure à Andrea. Repères de ses batailles avec le temps, il a souvent imaginé voir exposées ses milliers de photographies dans un musée, une vaste pièce circulaire, comme celle du Palais de la Découverte sur les murs duquel s'entortille en spirale un nombre qui n'a pas de fin 3,141 592 653 589 793 238... où, à la place de chaque chiffre, tourneraient les images d'un visage, le sien, le ravage des rides, énigme de la singularité et du temps : Milos Kenok, artiste du XX$^{e}$ siècle.

# III
# Au cœur des corps

# III

## Au cœur des camps

[illegible]

contrées étrangères. Souvent, les filles retiennent les serrent jusqu'à n'en plus pouvoir [illegible] le jour où l'on sait que tout va se [illegible] sans retenue, dire j'ai aimé, je ne sais plus, je voudrais, je désire tout.

## 1

« Ça faisait longtemps que j'avais envie de prendre un petit déj' avec toi. »

Comme après une virée dans des corons nordiques où elles se sentiraient encore enveloppées d'une crasse de coke et de charbon, Lena et Ismalia pénètrent à nouveau Paris. Dans la cabine du minibus Volkswagen, vitres baissées, elles respirent l'air du matin. Même la pollution des voitures est rassurante — une cure — un monde vivant avec les klaxons et les portables qui sonnent aux feux rouges, millions de mots invisibles qui circulent codés dans le flux des ondes radio pour traverser béton, carosseries et cerveaux. Aube chaque jour renouvelée, les deux filles goûtent le frisquet, la lumière, les visages blêmes.

Place Clichy, parking souterrain, deuxième soussol.

Au café *Rialto,* elles commandent des croissants, du chocolat chaud et des tartines beurrées. Ça sent la cigarette, les journaux se déplient, les tabliers blancs des serveurs sont impeccables. Il y a de l'échange dans l'air, une excitation, des paroles muettes stagnent sous les crânes — jouissance des mots virtuels —, prêtes à partir conquérir les contrées étrangères. Souvent, les filles retiennent les secrets jusqu'à n'en plus pouvoir, puis vient le jour où l'on sait que tout va se déverser sans retenue, dire j'ai aimé, je ne sais plus, je voudrais, je désire tout de suite, j'ai envie tout de suite, je te quitte, c'est fini, je n'en peux plus, les hommes, les jouissances, l'ennui et les hommes encore, cette étrangeté, l'autre moitié des silences.

« J'ai pas fait l'amour depuis deux, trois mois, dit Ismalia. Ça me manque parfois, mais ils sont si souvent nuls, aux antipodes de ce que j'imaginais... Machos, indélicats, prétentieux, exactement là où je n'ai jamais rêvé de me retrouver. Ils sont d'un monde, je suis d'ailleurs. Ils pensent bite, je pense sexe, ils pensent baise, je pense étreinte, ils pensent vite, je pense lent... Remarque, des fois, je suis comme une folle, j'ai une envie d'homme, un mec tout de suite, sans identité... Régulièrement, je me confesse, je dis ce que je ressens sur l'instant, j'invente que le reflet de New York sur un gland luisant et tendu de désir, est mon fantasme absolu. Mon confesseur — je préfère confident — fait semblant de me croire et me donne l'absolution. Il n'y a qu'avec lui que je puisse parler, il m'écoute sans me bousiller. Andrea, c'est son nom, aime imaginer que je suis une petite nana qu'il faudrait protéger de tous les maux. Mais le mal, je le vois à l'œuvre tous les jours, à l'hôpital, dans mes amours merdiques. D'ailleurs, ce n'est pas le mal, ça s'appelle la misère. La misère des gens comme nous, qui vivons à l'intérieur d'une vie, sans rien pour l'agrandir. »

Lena prend la main d'Ismalia.

« Au début du printemps je suis allée voir mes parents à Bordeaux, commence Lena. Cénac exactement, à douze kilomètres du pont Saint-Jean. Un peu avant d'arriver, je me suis arrêtée à une station-service d'autoroute. Histoire de revisiter mon look. Même en civil, je ressemble à une pute, ça s'imprègne dans la peau comme le bronzage des filles qui passent leur été en plein soleil. Le maquillage de mes nuits reste plaqué autour de mes yeux et sur mes joues. En sortant de mon minibus, j'ai échangé mes bottes vernies contre des tennis. Je portais ce jour-là une robe noire, simple, sans chichis. Un type plutôt beau qui passait m'a balancé, “moi j'aimais bien les bottes !” C'est tout ce qu'il a dit. J'ai fait le plein, j'ai mangé un croque, j'ai acheté du vin, un gâteau pour ne pas arriver les mains vides chez mes parents. J'avais déjà oublié le type. Comme à chacune de mes visites à Cénac, je m'entraîne une dernière fois pour mettre au point mes mensonges, mémoriser la liste des mots qui me sont interdits, m'inventer des péripéties de bureau, le train-train d'une vie normale. J'ai traversé la passerelle et j'ai marché de l'autre côté de l'autoroute, là j'ai vu un camion bleu qui s'éloignait. Au volant, c'était lui, le type qui venait de me parler. Je ne sais pas, j'ai rêvé à une histoire. Une histoire qui ne se ferait jamais, c'était couru d'avance. Absurde, puisqu'il ne s'était rien passé. Il remontait vers le nord, moi j'allais vers Bordeaux. J'ai pensé à son visage tous les jours, cheveux bouclés, un camion, c'est tout ce dont je me souviens. J'ai fait passer trois annonces dans *Libé* au cas où. Du genre *Robe noire cherche Camion bleu...* Mais rien. A la fin de l'annonce j'avais mis mon numéro de portable et évidemment plein de connards m'ont appelée, “moi j'ai une Mercedes bleue et j'adorerais bouffer ta robe noire”. Mais pas lui. Bon, j'aurai essayé... »

## 2

*Au commencement était le verbe...* Cette phrase de la Bible tracassa longtemps Andrea. Il avait toujours pensé que dans le précis divin des fabrications d'univers, la lumière était survenue en premier. Jusqu'à ce qu'il prenne connaissance d'un conte talmudique racontant que lorsque Dieu fut près de créer le monde, vingt-deux lettres de l'alphabet tombées de sa suprême couronne Le supplièrent de créer l'univers avec elles. Dieu réfléchit, prit son temps, finit par accepter et autorisa l'alphabet à donner naissance aux cieux et à la terre. Dans l'obscurité. C'est ensuite qu'Il fit jaillir la lumière du centre de la Terre afin qu'elle s'emploie, avec les mots, à *éclairer* le monde.

La parole, puis la lumière.

Les corpuscules de mots circuleraient donc entre les hommes, chevauchant l'onde lumineuse, pour s'en aller porter le divin message.

Ecouter la parole des hommes, pensa alors Andrea, ce sera tenter de reconnaître une voix divine à travers le brouhaha et le murmure des conciliabules.

Sur le périphérique entre la porte de Bagnolet et la porte de Pantin, Andrea file sur son scooter. Il slalome entre les voitures à l'arrêt, engoncées à l'heure de pointe du matin. Toutes sortes de musiques et de voix lui parviennent imbriquées, des bribes, un concert-zapping d'une quantité infinie de radios, infos, CD, cassettes, conversations, rythmiques, sortis des carlingues de métal... Vitres ouvertes, les conducteurs posent un coude vers l'extérieur et parfois le guidon du scooter frôle une veste, une chemise. Andrea évolue comme un danseur au centre d'un parterre de tôles colorées, vivantes, moteurs surchauffés. La belle vie, liberté, printemps, les fleurs se dessalent, jambes des femmes sous les volants, pollen en ligne, les mots tombent des bouches pour ensemencer le monde.

Les volets de Milos sont fermés, la porte close. Andrea contourne la maison par le jardin et se rend côté atelier. Penché sur une des larges baies et afin d'éliminer les reflets du ciel, il pose une main sur le front. Milos est assis dans le fauteuil de cuir, face au Pentax, en position figée. Sans hésiter, Andrea casse une vitre à l'aide de son portable utilisé comme un marteau.

Le regard de Milos a suivi le déplacement d'Andrea. Pas un mot. Les deux visages s'effleurent. « Qu'est-ce qui se passe Milos ? Je vais appeler Police Secours, reste calme, je m'occupe de tout. » Les mots usuels adressés à la détresse universelle. Quinze minutes plus tard, une équipe du Samu prévenue par les policiers est sur place, précédée d'une sirène stridente. « Je l'ai trouvé comme ça tout à l'heure, je n'ai rien touché... — Prenez-lui un pyjama, une robe de chambre ! » Milos se retrouve allongé sur une civière, un masque respiratoire sur le visage. Une jeune femme fait accélérer les choses et prend la décision d'aller au service des soins intensifs de la Pitié-Salpêtrière. « Ou c'est un infarctus cérébral, c'est-à-dire une artère obstruée, ou c'est une hémorragie cérébrale... Dans le premier cas, on va lui faire une thrombolyse par voie intra-artérielle qui va dissoudre le caillot au plus vite... Vous êtes de la famille ? »

Andrea n'osa pas demander comment elle comptait agir dans le cas contraire et s'embarqua avec l'équipe. Sirène, voisins en arrêt sur le trottoir pour profiter de l'homme à la civière, le malheur à portée de regard.

Rues encombrées, ralentissements, croisements... « Levez le bras gauche, levez le droit. »

Au-dessus du masque à oxygène, les yeux fixes de Milos attrapent le regard d'Andrea comme un aimant.

# 3

Le pollen évolue en nuages diffus, il plane au-dessus de la tranchée des boulevards, autour des dômes, enveloppe les architectures de la modernité : carcasse extérieure d'un musée, un atelier d'artiste, des passerelles métalliques. Il circule en tout lieu, et pas seulement aux abords des parcs et des squares, poussé par des vagues de vent, courants ascendants et virevoltants, aspiré par des brises imperceptibles qui l'emportent aussi bien se nicher dans les aspérités des pierres d'une cathédrale, que s'étaler sur les vitres des brasseries, le pollen se répand sur la ville. On le voit alors, minuscule farine d'or collée à la paroi de verre, millions de messages du monde végétal de Paris venus des érables, des troènes, des frênes, des chênes, des graminées, mais aussi des giroflées, des dahlias, des grenadiers, comme des lauriers-roses du jardin du Luxembourg... *Tes yeux regardent les étrangères et ton cœur dira des paroles déréglées...* Tant de fleurs fragiles aux corolles blanches d'où s'échappe la semence, mâlitude en partance qui s'accroche aux ventres et pattes velues des abeilles, pour que le vent insémine toute une ville. Le pollen, en tourbillons légers, se mêle aux poussières urbaines, cheveux, suspensions de gasoil sorties des pompes de stations-service et de l'échappement des diesels, micas, schistes, particules de peinture, plâtre, métaux lourds, plomb, argent. S'y ajoute, comme ce matin, de la silice du Sahara.

Nuages de boulevards, nuages de printemps, le pollen urbain offre aux citadins une brume éthérée, jours de soleil, des halos qui tremblent autour des pierres ocres des monuments, quand le soir rougeoie, à l'ouest, vers l'estuaire de la Seine et se glisse en transparence derrière la toile ferrailleuse d'une tour Eiffel.

Andrea écoute la voix perdue des hommes.

Ils parlent pour eux-mêmes, sans songer à chercher vers l'extérieur, dans le lointain des espaces, ce qui aurait pu les blesser ou les atteindre. Ils prononcent des mots locaux, d'ici, de là où il y a une gêne dans le corps, sans regard vers un au-delà du quartier, d'une autre ville. Parfois, quelque médecin des secrets leur propose une ascension dans le temps, celui d'une histoire personnelle, pour tenter d'y trouver les causes oubliées d'un mal sournois et impalpable. Remontée verticale de la mémoire, en cordée, accrochée à la paroi de vagues souvenirs, de visages, de rictus aux dents jaunies. On revisite le temps passé, jamais l'espace du présent. Jouissez-vous, intensément, souvent, jamais ? La première parole polie des médecins devrait porter là-dessus : asseyez-vous, comment allez-vous, avez-vous joui récemment ? Ne sont pas évoqués, non plus, les organigrammes d'entreprises, les mots de la télévision, de la radio, ceux lus dans les journaux, tout ce qui peut passer pour du mépris, une manière désinvolte de parler de ceux qui, justement, n'ont pas de temps de parole dans la grande émission du monde.

# 4

Assis à la terrasse du *Déjazet,* un petit crème sans mousse posé sur le guéridon, les yeux couverts de lunettes de soleil, Luis porte une veste noire sur une chemise claire. En arrivant, il a demandé au garçon une serviette en papier qu'il a mise en boule pour la glisser, comme un carré de soie, dans sa poche de veston près du revers. Il est en avance sur l'horaire habituel.

Mais procédons par ordre.

Tôt ce matin, *Robe noire* a téléphoné. C'est de cela qu'il parlera tout à l'heure à Andrea, de *Robe noire,* la fille de l'autoroute. Il a entendu une voix lui dire, « vous êtes Luis, je m'appelle Lena, j'ai reçu plein d'appels bidons, mais vous, j'ai envie de vous rencontrer. — Et *Camion bleu,* est-ce que vous l'avez retrouvé ? — Non. Elle a continué, j'arrive maintenant, ce matin je ne travaille pas et c'est une belle journée. Je vous raconterai le soleil, les reflets sur les vitres, les robes courtes. » Luis a pensé à de la compassion, mais n'a rien dit là-dessus. « Vous me reconnaîtrez a-t-il simplement ajouté, je porterai une veste sombre avec une pochette blanche. »

À la terrasse du *Déjazet,* Lena choisit de s'asseoir à une table éloignée de celle de Luis. Elle commande un expresso. Le regarder. Pour une fois, elle a le choix de l'instant et de l'heure exacte d'une rencontre. S'offrir la scène de Luis en train de l'attendre. Privilège, l'attente des gens se fait en catimini, le secret est la règle, jamais rien ne nous offre témoignage des visages qui *s'exposent* à notre venue, à une terrasse, un quai de gare, une arrivée d'aéroport. Insouciante, Lena n'a pas pris, cette fois, la précaution d'enlever son pelliculage de travail, fards et vêtements qui la cataloguent au premier coup d'œil. Pour la première fois depuis longtemps, elle va profiter d'une innocence inespérée : se présenter de l'intérieur, sans souci d'un regard et de ses préjugés.

Luis a allumé un cigarillo. Aucune scrutation des visages ni traque d'un sourire ne peuvent lui venir en aide pour trouver Lena. Il s'exhibe à la lumière, rivé au son d'une voix et à un prénom de quatre lettres entendu aux premières heures. Il vérifie à maintes reprises le froissé de sa pochette, en ajuste l'emplacement sur la veste. Visage fixe, légèrement penché vers l'arrière, la nouveauté vient du ciel.

Lorsqu'elle l'aperçoit allumer un troisième cigarillo, Lena se décide. A l'occasion d'un départ de voitures au feu rouge en contrebas, elle se lève, vient s'asseoir doucement à son côté, lui saisit la main. Il dit, Lena ?

De loin, on assiste à la rencontre banale de deux personnes à une terrasse de café. Le quotidien, le hasard, un jour de printemps... On peut même préciser, une pute se lève à une terrasse de café pour venir draguer un homme à lunettes noires. De loin, une pute qui se lève et s'installe à côté de quelqu'un qu'elle ne connaît pas est une femme qui fait son commerce habituel. Séduction, facilité, chambre, argent. De près, la bande-son raconte tout autre chose, identique à la minuscule gestuelle de ceux que toute nouveauté embarrasse. La cécité de Luis intimide Lena. En revanche, pour lui, une femme sans corps ni visage à convoiter du premier coup d'œil, en rester sur de vagues informations téléphoniques avec en plus — il vient de les découvrir — un parfum et le grain de peau d'une main, est chose habituelle.

Mais aujourd'hui, l'inédit, c'est le cœur qui a accéléré et chaque morceau de la paume effleurée qui est un ravissement. Lena se dit qu'elle fait son entrée dans un monde où les apparences ne compteront pas. Luis croit trouver en Lena une fille qu'il prendrait plaisir à *entendre* vivre. Puis, sans se l'avouer, ils imaginent au même instant qu'ils se trompent, que la vie n'a pas une telle générosité, que cet éblouissement soudain d'une rencontre va se dilapider, qu'un virus viendra endommager leurs deux fichiers sensoriels. Comme s'il fallait ne rien donner qui puisse être volé puis fracassé, ils se rétractent. Un tremblement. Elle dit, « ce matin les femmes portent des robes légères, il y a des motifs imprimés, elles tiennent à leur bras des sacs en toile de couleur beige, jaune, et encore des chaussures découvertes, des talons et des tennis pastels. — Mais vous, dit Luis, vous, elles sont comment vos couleurs ? Elle lui prend la main et la pose sur sa jupe. — Touchez, c'est du rouge et du mauve, le tissu est satiné et les couleurs bougent avec la lumière... »

## 5

Dans l'église Saint-Louis située au centre des bâtiments de la Pitié-Salpêtrière, Andrea à genoux sur un prie-Dieu, près d'un faisceau lumineux que laisse traverser un des vitraux blancs, ferme les yeux. Entouré d'un tableau, *le Christ mort soutenu par les anges* et d'un crucifix en bois sculpté, il cherche dans ses pensées le regard de Milos, une expression de Milos, nichés à l'intérieur de ce qu'il nomme *l'immensité*, cette figure de Dieu qui surgit en lui lorsqu'il tente de L'évoquer : un ciel étoilé, un océan en tumulte, une lande que le vent assaille. L'image de son ami ressemble au Christ de Dürer, visage blessé, vaincu par la maladie des hommes.

« Mon Dieu, je vous présente mon cœur. Vous seul savez mes doutes et hésitations, la violence des tentations. Je suis un homme des villes qui arpente des rues, des boulevards, traverse les périphéries pour entendre la parole sortie de la bouche des vivants. A chaque confession, je perçois une rumeur qui me glace, la rumeur des souffrances. Pourtant, les petits mammifères chevauchent leur morceau de vie avec la rage de ne jamais être séparés d'elle... La rumeur des souffrances est immense, l'attachement à l'existence l'est plus encore... Milos Kenok, mon ami, pas le meilleur ni le plus ancien, mais que j'aime à retrouver le matin au milieu de ses actes de la nuit, ses peintures, gestes reformulés tout au long d'une vie pour s'approcher de Vous, sans jamais Vous nommer, ni Vous chercher... »

Sans plus attendre, Andrea aurait voulu être accueilli par un moine à l'entrée d'un monastère, s'écarter du monde, dire je suis harassé, fourbu, je sens les plaies mauvaises...

Lui, qui avait été si gai sur le périphérique, semble désemparé par l'attaque soudaine de Milos. Milos qui aime mélanger les genres, caustique, grave, drôle, jouant les drames pour les effacer dans la seconde, *commediante,* l'ami confidentiel. Mémoire d'un siècle, voyageur du temps et de l'Europe, il a gardé à travers les effrois de sa vie, l'attitude du jeune homme qu'il fut à Prague quand il lut *le Brave Soldat Chveik* de Jaroslav Hašek, ce roman populaire et comique où l'on gesticule à l'intérieur d'une guerre sans fondement ni raison. Une guerre pour la guerre, irrationnelle. Milos avait alors pensé que l'Europe était entrée dans ce monde-là, celui du soldat Chveik, celui de la force pour la force, face à laquelle des valeurs en miettes ne trouvaient plus aucune conviction à opposer. Il décida : je tenterai de décrire un monde qui a cru se trouver des centres et ne fait que s'éloigner vers de pâles périphéries.

*L'immensité* envahit à nouveau les pensées d'Andrea, Dieu, Milos, le rire du soldat Chveik, l'infinie solitude qui isole à chaque seconde un peu plus les vivants... Y aurait-il un écarteur de ciel qui ferait s'éloigner, les uns des autres, tous les objets du monde ?

## 6

De longs cheveux bruns aux reflets roux s'étalent sur l'oreiller. Ismalia dort, volets ouverts, le soleil recouvre depuis longtemps son visage. Autour du lit, les fragments éparpillés de son petit univers. Des livres de poche sur une table basse, un combiné radio-réveil-lecteur de CD, son téléphone portable à la recharge, par terre, près d'une prise électrique. Sa robe de la nuit a été jetée sur une chaise, sa culotte par-dessus. La tasse vide du Nescafé qu'elle s'est offert en rentrant au petit matin a été posée sur une table en aluminium à côté d'un journal déplié. Au mur, la photographie d'un petit macaque hurlant de terreur, des électrodes tout autour de la tête. Juste à côté, une reproduction de Siddhartha au sourire paisible.

Elevée avec Mahomet, elle fit une vague rencontre avec Bouddha, puis celle du Christ à travers la médiation d'Andrea. Baptisée par son ami, elle n'a rien rejeté de ses rencontres successives et au gré de ses humeurs prie l'un, sans jamais renoncer aux autres. Bricoleuse du religieux, elle avance à tâtons, certaine que ses choix quotidiens la relient plus aux hommes du monde que n'importe quel déplacement en une église. Les méchants n'ayant point d'espérance pour l'avenir, elle se sent remplie d'amour pour les autres, les bienveillants du présent.

Vers midi, elle est tirée du sommeil par des informations. Changer de chaîne, musique, danser.

Envies cruelles de faire l'amour. Ça tiraille au ventre, envahit le cerveau. Un mec, un sexe, violence anonyme. Se sortir la tête des couloirs de la mort.

*... Dernier métro / la sirène assène*
*le cri des cops qui s'ramènent*
*identité illico / c'est quoi ton numéro*
*revolver à grenaille / gun ou mitraille*
*poussière d'ange*
*tire-toi d'là tu déranges*
*ta gueule d'ailleurs*
*vire-la ailleurs*
*change de naissance / t'es que d'la nuisance*
*entre les deux mon cœur te balance...*

Ismalia danse sur la rythmique tendue. Elle sent le sol, ses articulations, le ventre et la tête se mêler pour ne plus avoir à penser hors sonorités. Les mots s'absentent, la musique l'apprivoise.

**Lettre d'Ismalia à sa sœur Selma.**

Tendre petite sœur, je ne sais toujours pas si tu as eu raison de retourner au pays, mais après tout, le Maroc pour une fille n'est pas l'Iran et encore moins l'Afghanistan. C'est la terre de nos ancêtres. J'espère que ton retour aux sources te rendra heureuse comme je le souhaite de tout cœur. Tu me manques, notre petite vie à deux était harmonieuse et l'appartement est presque grand pour moi toute seule. C'est te dire ! En dehors des malades, je remplis mes jours comme je peux, j'essaie de lire dans le métro, le soir aussi. J'aimerais tellement penser à l'avenir sans avoir des crampes à l'estomac (tu appelais ça nos petits rats d'intérieur, et on riait). Je n'ai personne à qui parler de mes ennuis de fille, même si Andrea est évidemment présent, je ne peux quand même pas lui raconter que mes règles me font mal à vomir, que parfois j'ai une envie incroyable de faire l'amour ou, lorsqu'un préservatif a craqué, que j'ai une trouille d'enfer en attente des résultats du labo... Ici, rien ne change, les *Rabzous* sont toujours aussi impolis, ils ont tagué sur le rideau de fer du Chinois *Andrea baise Ismalia,* tu vois le genre. Du coup, en pleine nuit je suis redescendue avec un seau, de la lessive et une brosse. Tu m'aurais vu raser les murs à trois heures du matin comme une voleuse ! Voilà, sur cette petite scène de banlieue, je te quitte et t'embrasse de toute ma foi en toi.

Ismalia

# 7

Une foule marche sous le soleil. Des rêves-piétons circulent, courent et se bousculent. On voudrait être le ciel, voler, s'alléger de la pesanteur, cette force qui fixe les corps au ras des fleuves, là où se charrient alluvions et déchets, le trop-plein d'existence. Le métro, la mécanique ondulatoire des hanches, tout vibre, les rails de métal comme les ondes électriques du cerveau. Secrets et paroles tues qui se répètent à l'infini dans les couloirs, escalators : j'aurais dû dire, lui déclarer, contredire, m'opposer... Le silence l'a emporté sur les langues timides. Les bouches entrouvertes émettent des lambeaux de phrases, coupé/collé, déclarations, réponses : pourquoi me suis-je tu(e) alors que ma colère aurait dû signifier un refus, mon désaccord ?

Quel bricolage génétique montrera les hommes et les femmes marchant sur les trottoirs du printemps, enrobés de leur halo de contrariétés, de phrases rentrées, de rêves en ébauche ? Bagage invisible, le fardeau des déconvenues se colorerait de violet, quand le lot des plaisirs se nimberait de mauve ou de rouge. Ce rouge que les astronomes cherchent désespérément aux confins des mondes pour connaître les séquences anciennes de l'âge de l'univers. Rouge est la couleur de l'éloignement de la lumière, la couleur de notre passé, c'est lui qui annonce que le temps a commencé il y a des milliards d'années, lui qui est la trace et le souvenir de l'explosion première, début de tout. Début de nous.

I rouge écrit Rimbaud.

Rouge : 500 nanomètres de longueur d'onde, répond le physicien.

Les couleurs chantent dans l'univers.

Descendant à pied vers le métro Gallieni, Ismalia fredonne, elle a envie de danser, mouvoir son corps au milieu des maisons, que des regards furtifs la découvrent, que des hommes discrets se disent, tiens une fille est en train de faire sa parade au monde. En plein soleil, Ismalia pense aux étoiles, aux jolies choses qu'on ne viole pas, je vais retrouver une ville que j'aime, se dit-elle, et dans cette ville il y a un homme qui me fera l'amour ce soir, qui posera ses mains sur ma peau, qui fera comme si, et fera quand même, un homme avec une pilosité, une voix grave et un imaginaire de mâle où les jambes s'écartent, où les seins sont à prendre comme le cadeau des femmes à ceux qui les désirent, et son sexe qui se dressera quand il saura que je suis à lui.

Ismalia, lorsqu'elle pense aux hommes, voit des caravanes, le désert et la soif lorsqu'ils ne peuvent attendre plus longtemps l'humidité d'une femme, l'eau bienheureuse qui coule entre ses jambes pour qu'ils s'enduisent le corps et la bouche de l'onction extrême, le saint chrême des vivants.

## 8

— Maman, pourquoi on est riches ? Pourquoi on a une Mercedes 500 SL et pas une Polo ? J'adore les Polo, mes copains ont des pères avec des Polo, des Peugeot 306, et aussi des Ford Escort, des Clio...

— Nous on est riches à cause de *Self Kontrol*, la start-up de papa qui a explosé. Ton père est malin et intelligent. Tu vois, il faut être les deux... Malin tout seul, ça donne des petits voyous de l'informatique, des hackers qui piratent à tout-va. Et ceux qui ne sont qu'intelligents sont des enquiquineurs tristes et d'une prétention... Malin et intelligent, c'est ça le diplôme de papa, mon chéri.

Intérieur d'une voiture aux vitres fumées. Louis, l'enfant qui habite une maison blanche à deux étages longée par un court de tennis et une piscine, pleurniche, un cartable sur les genoux. Sa mère est à son côté, aux places de l'arrière, habillée d'un tailleur clair et d'escarpins. Armand le chauffeur, les yeux fixés sur la route, surveille l'embranchement de la bretelle qui va les conduire vers une grande avenue boisée. Arrivés devant l'école, la mère descendra de la voiture, conduira Louis jusqu'à la grille où un surveillant prendra le relais. Louis porte un pantalon de toile, des baskets de marque, une chemise à carreaux McGregor 100 % coton, une casquette à blason et, à la ceinture, un MD-Walkman compact.

Louis n'est pas convaincu par la réponse de sa mère. Pas envie de se distinguer, d'avoir à s'expliquer en classe sur une différence. A huit ans, il veut partager les soucis d'enfant-tout-le-monde, ou alors cultiver le mystère, l'aventure, être comme Matthieu Saulnier son « deuxième » meilleur ami, dont le père est détective privé et suit des individus en policier discret. « Individus », c'est le mot qu'emploie Matthieu Saulnier pour parler des gens que surveille son père, mot dont il s'emplit la bouche pour commenter les exploits paternels. Dans l'univers de Saulnier Père & Fils, se mêlent des revolvers, des couloirs de grands hôtels, des appareils photo miniatures, du numérique vidéo et des micros espions... Les Saulnier roulent en Audi A3.

Frédéric Morlowe, le père de Louis, parle couramment le yen et l'euro, fleurit ses discours de Nasdaq, Bloomberg, Dax et Footsie, projette à dates régulières de courts séjours dans des îles lointaines... Il vient d'engager du personnel supplémentaire pour s'occuper des réceptions données dans l'hôtel particulier situé près du Bois, non loin des terrains de courses. Récemment, il s'est fait livrer d'Arizona une paire de cactus Saguaro à douze mille dollars l'unité.

L'aîné des Morlowe est fier de sa réussite. A trente-deux ans, il vient de revendre son entreprise et a de quoi vivre jusqu'à la fin de ses jours en rayant, s'il le souhaite, le mot travail du reste de sa vie. Aussitôt, il a créé une nouvelle société du nom de *Search et Recherche* qui se veut actionnaire et incitatrice d'une myriade d'entreprises dans les secteurs allant de la biotechnologie aux techniques les plus innovantes de la génomique et de la communication. Hormis sa femme Laure et son fils Louis, son premier sujet de fierté est son frère Andrea. Il aime à dire, dans les dîners, qu'ils se ressemblent et que chacun, à sa manière, sait détecter où se nichent les richesses cachées, que ce soit celles de l'âme ou celles des marchés. *Sa Sainteté,* dit Frédéric pour parler de son frère ; *le Nabab,* plaisante celui-ci quand il évoque Frédéric.

## 9

« Tu me mettras ma robe à parements de broderie, tu me poseras dans le cou, derrière les oreilles et aux poignets, Shalimar, le parfum de ma naissance et qui, en sanskrit, signifie *la demeure de l'amour...* Commencer et terminer sa vie avec le même parfum a quelque chose de parfait, au revoir et merci... Il me faudra aussi un bouquet, des glaïeuls, les gens détestent, mais c'est ma fleur préférée, elle a quelque chose de paysan endimanché qui me plaît, rien de parisien, c'est campagne et évêché. J'aimerais que ce soit toi qui me laves, que ce soient tes mains qui effleurent mon corps pour la dernière fois, les mains d'Ismalia, la jeune femme qui écoutait la vieille Witold. Tout à l'heure le notaire Pône (son père était un ami de mon mari) viendra pour enregistrer mon dernier testament. Je veux te donner de jolies choses mon ange, que tu profites des petites richesses que la vie m'a offertes... Pour les glaïeuls, il faut au moins quatre ou cinq bouquets. Pense à des grands vases. Je te donnerai la clé de mon appartement et tu iras prendre trois livres (*les Confessions* de saint Augustin, tout Lorca en Pléiade et *l'Histoire de l'Eternité...*), des photos et surtout une lampe de chevet bleu nuit en verre soufflé de l'Ecole de Nancy. Je l'ai toujours eue auprès de moi, jeune fille, épouse, veuve. *La perte de la vie de ceux qui meurent devient la mort de ceux qui restent en vie.* Tout est extrêmement rangé, tu n'auras aucune difficulté à trouver. J'ai toujours été méticuleuse. Je dois encore te dire que je remercie le ciel qu'on m'ait envoyée ici et de t'avoir rencontrée. Tu es l'ange le plus merveilleux qui pouvait accompagner mes derniers jours, un cadeau du ciel qui apaise mes craintes. J'ai cessé d'avoir peur de la mort quand j'ai osé en parler sans faire de peine à personne. Mon fils m'écrit — quand il écrit — que l'on va bien s'occuper de moi et que je vais bientôt guérir... Foutaises ! Moi, j'ai eu l'intime conviction que mes jours étaient comptés quand on m'a dit : ici vous allez respirer tranquillement... Respirer tranquillement, c'est ne plus s'exténuer à lutter contre l'inutile. Les mourants savent qu'ils vont mourir, pas besoin de les bluffer, ça arrange les vivants et pour nous, c'est contrariant. »

Ismalia est venue spécialement à l'hôpital écouter Hortense Witold. Une fois glissé le petit magnétophone dans sa poche, elle retrouve à l'office Evelyne, la psychologue du service.

Evelyne : « Tu prends bien soin d'elle, ça me décharge de Stéphane... Faites-moi la piqûre, faites-moi la piqûre, me supplie-t-il, combien de temps ça va durer comme ça ? Il s'est cru sauvé quand il y a eu rémission. Il a fait des projets, invité ses amis. Mais les trithérapies retardent le moment où elles deviendront inefficaces et ça, il n'a pas supporté. Je lui ai pris les mains et il s'est calmé. On est resté silencieux... Tu as remarqué comment leurs mains avec les nôtres se joignent, se pressent, tressaillent comme des petits animaux ? Ça forme un nœud qui se remplit des images de chacun, elles prient ensemble, pensent ensemble... Ensemble, elles se souviennent. »

## 10

« Milos Kenok ! » lance Rafik à la réceptionniste de la Pitié-Salpêtrière. Après consultation sur son écran, la fille trace au marqueur rouge un numéro de bâtiment, un étage de service et un itinéraire sur le plan du site de l'hôpital. Elle tend le papier imprimé et indique qu'il lui faudra respecter les passages pour piétons sous les porches.

« S'il vous plaît, mademoiselle, monsieur Kenok ? » demande-t-il à la première personne qu'il aperçoit dans le service. La jeune femme vérifie s'il est de la famille. « Je suis son fils. » Elle indique alors un numéro de chambre... « Il est en soins intensifs. Ne posez pas de questions, il aurait du mal à y répondre et ça peut l'agacer. Procédez plutôt par affirmations, qu'il n'ait pas à chercher ses mots... »

Seul dans une chambre, Milos semble dormir. Des tubes dans l'avant-bras, dans le nez, deux bouteilles de goutte-à-goutte plantées à son chevet et, en face, scellé dans le mur, un téléviseur à jetons. Il ouvre un œil, esquisse un sourire. « C'est moi, Rafik, je suis venu te voir. » Tendu, il ne se penche pas vers son père, ne l'embrasse pas. Droit, raide, il se tient debout à côté du lit blanc. Milos dit, « je voulais... je voulais... te regarder. » Hésitations, il bute... Les mots se dérobent. Rafik se radoucit, va pour lui prendre la main, se ravise. « Pardonne, les... les... silences... j'ai... ah merde, j'ai... ta mère me disait... où tu te trouvais... toujours... j'ai su... » Milos essaye de relever la tête, mais n'y parvient pas. « Tu veux que je remonte un oreiller ? » Hochement de la tête. Rafik saisit l'oreiller, prend son père par les épaules pour le tirer vers le haut. Profitant de son fils collé à lui, Milos chuchote, « embrasse-moi... » Rafik, comme s'il avait été pris à un piège, s'est redressé. Il ressent une impossibilité à donner quoi que ce soit. Pas un geste, pas même un signe. Ecœuré par sa propre attitude, par tant de mots qu'il ne peut prononcer, il dit : « je vais aux toilettes. »

Dans le couloir, il respire de grandes bouffées d'air. Spasmes, contractions dans tout le corps. Il file vers les toilettes. S'asperger d'eau, se calmer. Tout se mélange, colère, ressentiment, tristesse. Enfermé dans la cabine, il étire les bras de côté pour s'appuyer aux parois et garder l'équilibre. Tout refait surface, le passé, les pensées, pourquoi ces années-lumière de silence ? A genoux, il essaie de vomir dans la cuvette. Ses épaules sont balancées par d'inutiles secousses. Il aimerait pourtant extirper son dégoût de n'être pas parvenu, dans la chambre, à retrouver le sentiment normal d'un fils devant un père malade.

Apaisé, il sort du bâtiment et erre entre les allées. Des arbres, le ciel plombé de nuages sombres, une brise légère. Il rebranche son portable et appelle Xuân Lan, « le salaud, il n'a pas donné signe de vie pendant des années et il veut que je l'embrasse... — Tu as trop d'orgueil. Aujourd'hui c'est une rencontre, pas une vengeance. Retourne près de lui et dis-toi : je suis un fils qui viens voir un père qui va peut-être mourir. C'est cet instant qui compte, pas le passé... Xuân Lan se tait. — Je t'aime », dit Rafik après un silence.

Il raccroche.

Dans la chambre, Milos a les yeux mi-clos. Rafik referme doucement la porte et regarde, de loin, l'homme endormi.

# 11

En sortant de l'hôpital, Andrea a marché jusqu'au Jardin des Plantes tout proche, a observé le front plissé des grands singes, leur regard, puis est revenu gare d'Austerlitz.

Assis à une buvette avec des journaux, un panaché et un sandwich au fromage, il observe les trains à quai, écoute les haut-parleurs et songe à Virginie qu'il a négligée, la fille au *bazooka*. Il appelle... Elle se trouve dans une file de cinéma d'un multi-salles du quartier Montparnasse. Autour d'elle, la mini-tribu des gens qui ont choisi de voir le même film qu'elle : *Harry, un ami qui vous veut du bien*. Regards discrets, un rien de connivence, elle fait cependant un pas d'écart et surveille sa place. « Aujourd'hui, je n'ai rien de spécial à raconter. Ma vie est presque douce. Il y a des ennuis par-ci par-là et des choses simples que l'on a envie de dire à quelqu'un... Mes dix-sept ans me pèsent et il faudra bientôt que je connaisse l'amour, cette histoire où tout s'emmêle à en devenir fou, on le dit autour de moi, fou d'amour pour le monde dans lequel on vit, fou à lui dire merci d'être né. J'aimerais tellement être certaine qu'un homme et une femme se soient dit un jour, on va offrir une fille à la terre, elle viendra de nous, de nos chromosomes et de notre désir... Qu'il y ait eu cette envie de changer quelque chose dans le déroulement du monde et moi, n'avoir jamais à me dire : on m'a volé tant de choses précieuses... Je vous rappelle plus tard, c'est l'heure de ma séance. »

Que peut faire Mathilde à cet instant ? Après qu'il lui eut demandé de ne jamais l'appeler, Andrea ne souhaiterait qu'une minuscule chose, l'entendre de temps à autre, écouter le son de sa voix lui dire : j'existe. Ne jamais vouloir la revoir, de cela il est certain. Mais une voix céleste qui parlerait du soleil, de la pluie, de la vie qui avance, un enfant même, entendre la voix de Mathilde dire, je suis enceinte... Il était certain de pouvoir être heureux de cela. Etre simplement au courant des errements de la seule femme au monde qui l'ait troublé...

Troublé, comme on le dirait d'une eau qui vient d'être percée d'une pierre.

**Mathilde.**

Les circonstances qui amenèrent Mathilde et Andrea à vivre une histoire d'amour aussi intense que fulgurante se sont déroulées sous le double sceau de l'étrangeté et de la fatalité.

Alors qu'il venait d'être ordonné, Andrea eut à célébrer son premier mariage, un ami d'enfance qui devait épouser une étudiante en pharmacie de la région nancéienne. La cérémonie prévue en l'église Saint-Epvre, dans le vieux Nancy, se déroula suivant les rites. Andrea bénit les alliances, puis les mariés et leur fit promettre amour, assistance et fidélité. Le soir, pour le dîner offert par la famille au *Grand Hôtel de la Reine,* place Stanislas, Andrea portait, pour la circonstance, un costume gris anthracite et une chemise ouverte. Il se trouva placé entre le marié et une vieille parente italienne de la famille qui avait fait le déplacement de Vérone. On évoqua Shakespeare, Roméo et Juliette, Prokofiev... Autour de minuit, arrivèrent quatre jeunes gens, deux garçons, deux filles, qui furent placés à une table faisant face à Andrea. Ils parlaient danse, avaient des corps et allures de danseurs. « Ils jouent *Lulu* à l'Opéra, juste à côté », dit le jeune marié en se penchant vers Andrea. Aussitôt assise, une des filles fixa plusieurs fois son regard sur lui. Eclairs furtifs sans message particulier. Il pensa à l'attirance des contraires, lui blond, elle brune, il sourit. Elle répondit à son sourire quelque temps plus tard et il put voir ce qu'est une bouche qui s'entrouvre pour se donner, informer qu'il n'y a, à cet instant, qu'un destinataire à qui sont offerts l'éloge et le cadeau.

Les mariés montèrent dans leur chambre et Andrea s'en fut dans la nuit marcher sur la place impeccable, sans voitures, une statue plantée en plein milieu d'un macadam marqueté de pavés. A cet instant de la ronde des astres, une seule personne au monde ne pouvait qu'être là dans l'attente d'une rencontre : Mathilde la danseuse, la fille au sourire. Elle dit, « vous venez enfin », il répondit, « je suis prêtre et je suis venu ».

Je glisse à l'intérieur d'un trou noir de l'espace, pensa-t-il, toutes mes forces, mes énergies, toutes les lumières du ciel m'attirent au plus profond, vers le centre de mon corps, là où la dernière particule tremble pour une femme que je ne connais pas. Sans bord de monde en repère, je me sens abandonné du langage et de la loi, un homme de l'espace seul et amoureux d'un météore qui m'éblouit. Le sacré est là, à portée de corps, à ma main, toucher cette femme et se taire.

Ils passèrent la nuit dans l'hôtel où la danseuse résidait. Roses jaunes et pétales, des bouquets. Comme s'il s'était agi d'un lieu de passage entre des mondes sans issue, Andrea se retrouva prisonnier consentant d'un espace et d'un temps où ne s'entendaient que leurs halètements, leurs frôlements de peaux et clapotis de salives. Les mots et les corps de chacun racontèrent à l'autre l'histoire de leur vie, du premier jour à cette première nuit, que chacun sache les labyrinthes et le pourquoi des méandres de l'existence qu'il tenait dans ses bras.

Revenus au matin aux intersections de latitude et de longitude d'un temps ordinaire, ils durent interrompre l'ivresse, l'overdose désirante qui venaient de les unir, pour se défaire l'un de l'autre. S'extraire, se séparer, couper l'unité que quelques étoiles avaient regardée naître. Fatigue et petit jour, le temps des hommes dictait à nouveau l'ordonnance des corps dans la cité.

Epuisés, Mathilde et Andrea contemplèrent leur chef-d'œuvre de la nuit et en furent heureux.

Se lever, respirer.

Comme prévu, elle danserait *Lulu* ce soir à l'Opéra de Nancy.

Comme prévu, il monterait dans le Vienne-Paris de 12 h 15.

Se reverraient-ils ? Non.

Se téléphoneraient-ils ? Peut-être.

Il dit je t'aime, elle dit je t'aime.

Il parla Dieu, elle répondit amants.

Il dit adieu, elle ne dit rien.

Les paysages de l'Est filaient sur le côté du train express, comme s'ils s'appropriaient Mathilde en leurs forêts et rivières, leur métallurgie de hauts fourneaux. Sidéré par ce qu'il venait de vivre, anéanti et séduit, Andrea ne voulait plus avoir de pensée que pour la trahison du serment divin, pour le pacte flétri, écorné, et promit que jamais plus la croisée d'une « inconnue » ne viendrait le surprendre comme un novice. Pourtant... « Peut-être vais-je regretter longtemps et longtemps ma fuite... » Puisque c'est de fuite qu'il s'agit. Il aurait pu décider de rester dans l'horizon de ses parfums, apprendre encore du corps et de l'âme de Mathilde, s'enfouir avec elle dans le dédale d'une seconde nuit. Mais encore, il fuyait la possible répétition d'un moment d'exception afin que rien, pas le moindre détail contrariant, ne puisse venir en altérer l'ardeur et la perfection. Enfin, il fuyait vers Paris, sa ville, pour que Mathilde ne s'installe jamais à l'intérieur de son corps et ne vienne à en chasser une autre perfection, celle pour laquelle il avait prononcé des vœux, tout autant d'exception. Quelle serait la douleur du schisme qui venait de se perpétrer ? De Mathilde, il y aurait la mémoire d'une disjonction du temps, un éblouissement. De Dieu, s'imposeraient les âmes du quotidien, celles avec qui il avait l'ardent désir de brûler ses heures et ses secondes à les écouter, à les protéger.

C'est ce que pensa Andrea dans le wagon qui le ramenait vers d'ordinaires solitudes. Comment mesurer à cet instant, le poids des regrets ?

## 12

La pluie s'est mise à tomber sur Paris. Fine d'abord, puis en abondance, une pluie d'orage sans le moindre coup de tonnerre. Les taxis sont pris d'assaut et des gerbes d'eau giclent sous les pneus crantés des voitures. Mini-foules réfugiées sous les auvents des boutiques, bruit du martèlement des gouttes sur le macadam, la ville en quelques minutes vient de changer son environnement sonore, sa lumière et son décor. L'eau nettoie l'atmosphère en emportant les particules en suspension, lave les murs de pierre, les ardoises, les tuiles, les caniveaux... *La pluie fait des claquettes sur le trottoir...*

Dès le matin, la qualité de l'air avait été mauvaise : indice 8, dioxyde d'azote 53 microg/m$^3$, ozone 142 microg/m$^3$, benzène 2 microg/m$^3$ et, rue Bonaparte (6$^e$), le monoxyde de carbone atteignait 1 700 microg/cm$^3$.

Sable des déserts mêlé à la pluie, un jus ocré se déverse le long des trottoirs et rejoint le réseau des canaux souterrains. Comme on n'a pas songé à se munir de parapluie, cette pluie de chaleur ravine les cheveux et ruisselle sur le coton des vêtements. Pour l'heure, elle ne fait que perturber le bon déroulement du printemps et Ismalia, accompagnée d'Evelyne, se rend dans l'appartement d'Hortense Witold à côté de la Bastille, passage de la Main-d'Or.

Dès l'entrée, une odeur de solitude, le renfermé auquel s'ajoutent des fragrances de pommade et de médicaments. Elles se précipitent vers les fenêtres puis découvrent un appartement de vieille dame. Aucune trace d'abandon, tout semble simplement à l'arrêt. Seuls les réveils, que les piles ont continué d'alimenter, sont restés en retard d'un chiffre, calés encore sur l'heure d'hiver. Un quatre-pièces au dernier étage d'un immeuble sans grâce. Par les fenêtres, des centaines de toits, au loin le Génie de la Liberté recouvert d'or au sommet de la colonne de Juillet. Et le ciel de Paris. Elles s'assoient dans des fauteuils de cuir patiné.

Evelyne : « Depuis que je travaille avec toi, tu m'étonnes par la faculté que tu as de donner ton temps...

— Il y en a qui sont nés pour offrir, d'autres pour recevoir... Toi et moi, on nous repère de loin, les hommes, les femmes, tous se disent : à celles-là on peut tout demander. Peut-être qu'un jour on en aura marre de tout ça, des plaintes, des escarres, des appels...

— Je ne crois pas que ce genre de disposition puisse s'oublier.

— Moi, si. Un jour, justement, on a envie de changer de monde, je ne parle pas de l'argent et tout ça, changer de monde c'est inverser ce qui nous semble naturel depuis toujours. Il y a un jour où les choses ne vont plus de soi. Comme en amour. Ceux qui s'aimaient plus que tout, brusquement se mentent, se trompent et ils se quittent. Ce n'est pas une lassitude, c'est de jeu qu'on a envie de changer... »

Pendant qu'Evelyne recherche livres et souvenirs, Ismalia s'est étendue sur le grand lit de la chambre, recouvert d'une couverture piquée. Fatigue de la veille. Elle allume la lampe de chevet bleue.

La psy n'a aucune difficulté à trouver les trois livres classés par ordre alphabétique (sauf le Pléiade classé à part avec les autres titres de la collection) dans une bibliothèque de bois clair. Dans la salle de bains, elle s'attarde sur une armoire à parfums où se trouvent rangés une vingtaine de flacons. Des Chanel, Caron, Patou, Molyneux, Givenchy... Flacons presque vides, la vieille femme fut infidèle à Shalimar.

Avant de rejoindre Ismalia, Evelyne passe par la chambre d'amis transformée en débarras. Là sont alignés des valises en cuir, deux caisses de carton empilées l'une sur l'autre, des albums de photos rangés sur une étagère murale. Elle les ouvre au hasard. Des hommes, des femmes, scènes de plage, de Noël, des enfants, galerie de portraits de ceux qui ont approché et entouré la vie d'Hortense Witold. Photos anciennes en noir et blanc aux pourtours crantés. Evelyne se met en quête de dates, d'une chronologie, puis, se fiant à la mode des vêtements, à l'état de la couverture, elle feuillette consciencieusement l'album qui lui semble le plus récent.

Lequel de ces visages d'hommes fut le dernier amour ? L'un d'eux revient avec régularité, mêlé à des décors différents : salle de restaurant, la montagne, banquette arrière d'un taxi, le Marché aux fleurs... Elle referme l'ensemble et appelle Ismalia. Sans réponse, elle se dirige vers la chambre et surprend la jeune fille assoupie. « J'ai eu une nuit terrible », s'excuse-t-elle. Evelyne sourit, se penche pour lui embrasser les cheveux. Elle s'allonge à côté d'Ismalia et ouvre l'album de photographies entre elles deux. « C'est drôle comme personne ne nous parle jamais du dernier baiser. C'est toujours le premier qui compte... Pourtant, il doit être important cet homme, c'est à lui que la Witold pense chaque jour, à sa bouche, ses mains, son odeur...

— Elle ne m'en a pas parlé, dit Ismalia. Jamais. Peut-être qu'avant de mourir, on espère qu'il y en aura encore un, l'ultime, qui détrônera tous les autres. Alors on se tait... »

Afin de protéger la lampe Gallé lorsqu'il s'agira de

la transporter, elles décident qu'Ismalia repassera demain après-midi munie d'un sac rempli de journaux. Elle garde le trousseau de clés, accompagne Evelyne à la station Ledru-Rollin toute proche et part sous la pluie vers le quartier Bastille.

# 13

— C'est quoi ton travail ? demanda Luis à Lena.

— Infirmière, infirmière de nuit !

Le visage d'Ismalia s'était présenté à elle et la réponse s'imposa. Infirmière de nuit ! Sans plus réfléchir.

Ils sont allés grignoter une salade et des croque-monsieur sous les arcades de la place des Vosges. Une place royale... Luis se souvient parfaitement de la couleur rose et beige des briques, des pierres, de la maison de Victor Hugo au coin sud. « C'est là que fut écrit *Ruy Blas,* dit-il. Je te ferai découvrir Paris, j'en connais les recoins, les places, les ponts, les immeubles... Chaque détail, tout autant que les amples déploiements d'architecture. Avant mon accident, j'étais Maître de Lumière à la Ville de Paris et j'ai dû répertorier aussi bien les édifices nationaux que les statues, le mètre-étalon de la Révolution, comme les catacombes et les parcs. J'ai eu le projet d'éclairer la cathédrale d'eau souterraine du réservoir Montsouris, là où se distribue l'eau de la capitale. Je voulais faire installer un treillis de passerelles au-dessus des bassins et que chaque Parisien puisse y flâner, profiter des mosaïques bleues des plafonds... Les dalles de calcaire auraient été éclairées en ocre clair comme à Lascaux, et l'eau aurait été vert jade, un lagon urbain. » *Et pâle, elle regarda vers l'éternelle aurore...*

Lena et Luis sont revenus dans l'appartement de

la rue Béranger et la pluie cogne aux vitres comme les cœurs les poitrines. Luis parle pour masquer l'égarement... Gestes, hésitations, un corps de femme, sexe à franchir, les hanches, la pointe des seins, un univers féminin où tout glisse, à l'intérieur, à l'ombre des murs, au creux de la ville.

Je ne travaille pas ce soir, a murmuré Lena. Congés, a-t-elle ajouté. Mensonge et vacance. La parenthèse.

# 14

« Ecris, parle de ce temps où Alice est née, me dit Marie au téléphone, qu'elle sache dans vingt ans comment les gens s'aimaient, comment on se débrouillait avec la peur, avec l'actualité envahissante, avec soi. Discerne, dissèque ce qui lui sera utile pour qu'elle ne se trompe ni sur elle ni sur le monde qui l'attend. On devrait établir pour chaque naissant la liste de ce qui fait mal, de ce qui fait plaisir, la liste des rêves de ses parents, comment ils jouissaient et pleuraient, la liste des mots qui inventent le courage... »

Cette fois, j'avais parlé à Marie du roman commencé la nuit de la naissance d'Alice. La petite respire, crie, boit, chie... Fonctions réduites, mais déjà l'invisible apprentissage des sons, des lumières et des ombres. Le vaste univers se présente à elle pour que soit relevé un unique défi : qu'une infime fraction en devienne compréhensible. Un morceau de monde inauguré par un sexe de femme, l'odeur d'une femme, la voix d'une femme, la peau d'une femme, un visage de femme. Les existences débutent sous l'emprise du féminin.

# IV

# Le désir d'Ismalia

1

Au *Bar sans Nom,* Ismalia s'est fait servir un verre de rhum cubain, cinq ans d'âge. Elle aime. « Une femme respectable ne prend pas de plaisir », lui a en vain répété sa mère. Elle, qui avait longtemps pensé que ses racines orientales s'ornaient de sensualité, de parfums et onguents, de caresses et de tolérance, avait dû se résoudre à admettre que ce passé était une création de son imagination et le présent, une aberration. Le siècle XXI lui semblant plus adéquat que le siècle XIV du monde de ses origines, Ismalia a sabordé joyeusement sept siècles de *gap* théologique pour fuir à jamais famille et diktats. Aujourd'hui, pionnière de sa liberté, seule avec son passé, elle affronte, forte de sa naïveté et d'un irrésistible amour pour les êtres, un Occident gavé et indifférent. *Une femme respectable*...

Qu'attend Ismalia au *Bar sans Nom* ? Des odeurs, de l'inconnu, un désir infini d'étranger... Son envie du matin ne l'a pas quittée. Au contraire. A tout moment, la lancinante injonction lui a instillé des hurlements dans la peau, les lèvres-corolles de son sexe se sont mouillées à plusieurs reprises pour un flash, une image remémorée. *Alien* lové dans son corps qui réclame et exige... Chaque veine, chaque artère épelle : jouissance, plaisir, caresse, peau, va-et-vient... Le sexe qui hésite, joue, effleure le clito avant de pénétrer... Elle pense *pénétrer* et regarde autour d'elle ce qui protubère, poignée de porte, chandeliers, col de bouteille, ce qui peut venir jouer à l'entrée d'un corps... L'idéal, un homme invisible qui frôlerait et s'approcherait à son insu puis qui retrousserait les étoffes, prendrait, déchirerait, un homme sans visage, muet... Et qui s'en irait. Illico. Incognito. Une ombre. Deux filles à côté sirotent des punchs. Ismalia imagine ses pensées fornicantes s'introduire dans leurs orifices, oreilles, narines, sexes, afin qu'elles sentent et ressentent son obsession du moment... Offusquées, étonnées, amusées, qu'elles se retournent, yeux ébahis : monstresse en rut dans les parages ! Elle sourit. Et si chaque homme présent avait la moindre idée du cyclone de volupté qu'émettent un corps et une pensée à portée d'eux, ils se rueraient, toutes affaires cessantes, sur elle. Un jour on connaîtra les détecteurs de désir, se dit-elle, vibreurs de portables qui annoncent à chaque peau ce qui se trame alentour... Calme Ismalia ! Retrouver quelque quiétude, ne pas se jeter sur le premier venu... Se confesser demain à Andrea, il adorera, abuser du langage, luxure et mots du cul, râles préhistoriques, parfums de rut, l'éternité, lui confier le vrai et l'exagéré, ce que restitue le fantasmatique et non le réel, jouir deux fois : pendant l'amour et au moment de l'aveu.

Pour l'instant, rien. *No rut's land !* Aucun écho au typhon incandescent. Elle fait défiler son répertoire carte SIM, mais elle les connaît, des incapables à poésie zéro, pressés, avides... Voleurs de corps, plaisir-minute, tchao. Amateurs de tournantes, être nombreux puisqu'il n'y a rien à offrir en solo, alors, vol et viol, rapteurs de cuisses forcées, pour une minute en apnée, l'amnésie collective.

S'en remettre au vent, aux carrefours, à l'instant. Les hommes rôdent dans les villes, poètes, boxeurs, ils annoncent : idéalistes effrontés cherchent cul à étreindre pour lui confier le monde.

Ne rien attendre, attendre tout. Si Andrea me voyait...

Ismalia paye et s'en va. La rue, la pluie, le hasard des passants.

## 2

Sombre est la nuit.

Les lèvres menteuses s'arrachent au sommeil. Les corps disent vrai, ils déambulent, têtes chercheuses, cheveux au ciel. Et vous serez comme un homme endormi au milieu de la mer, un pilote assoupi ayant perdu le cap... Belle Ismalia que les regards assaillent... Ils scrutent, se retournent, disparaissent. Elle avance ivre de présent, hanches qui ondulent sur l'unique corde où se joue le ballet d'une vie. Frêle parmi les frêles, luciole des cités, elle se repaît des lumières et néons clignotants, la buée des vitrines lui renvoie son image, une éphémère.

Qui élire ? La nuit a disparu des villes à l'heure où la lumière a vaincu *le pas de loup du crime.* Pénombre prometteuse, les silhouettes se déhanchent, la robe d'Ismalia tangue, caravelle du soir, elle scrute des rives inattendues. Qui aimer ce soir sans mourir, sans qu'aucune larme ne défigure son élan ?

# 3

L'homme avait fixé rendez-vous à Andrea dans un bar, *le Fumoir,* à côté de la station Louvre. Ils ont échangé quelques paroles distraites, du style poignée de main de boxeurs avant match, ils ne se connaissent pas. Ils boivent un Perrier-rondelle et un café. Andrea regarde une fois encore sa montre, il retrouve *le Nabab,* son frère, dans une heure. « J'aimerais mieux parler en marchant si ça ne vous dérange pas », dit le grand type habillé d'un costume en lin.

Ils ont traversé la rue sous la pluie et sont allés se réfugier sous les arcades de la rue de Rivoli.

Andrea se tait, écoute l'homme à ses côtés, de son âge, qui parle en apnée, reprenant de temps à autre une respiration prolongée. « ... C'est le secret de la confession, n'est-ce pas... Je veux dire je parle sans retenue... C'est une femme, nous avons eu une aventure un jour en dehors de France, un colloque d'intellectuels, vous comprenez, l'éloignement, un hôtel. Et puis, à Paris les choses ont continué, la facilité... (respiration). Elle m'a été soumise d'emblée, sans le moindre calcul de ma part et sans rien avoir à exiger. Il y a des gens comme ça qui décident de se soumettre et de se perdre, qui veulent mourir et jouir de la drogue d'une histoire sans issue. J'appelle et je dis : demain cinq heures, ça te va, sans point d'interrogation, parce que je sais que ça va... Jamais elle n'a dit : non, une autre fois, ou alors pas à cette heure. Elle acquiesce à mes jours, à mes horaires (respiration). Elle est plus âgée que moi, c'est sans importance, mais sa docilité à mon égard me répugne. Pourtant je continue le jeu du patron, de celui qui décide des instances du cul, car c'est de cul qu'il s'agit évidemment, la bite, la chatte, tout ce qui fait les amants, les odeurs et la peau (respiration), elle suce, je lèche, je suce, elle lèche, on improvise à tout-va dans des *parenthèses délirantes,* je pénètre où je veux, où elle veut, comprenez bien, il y a acceptation réciproque dans ces parenthèses-là (respiration). Parenthèses frénétiques et ardentes, nos corps se couvrent de sueur et de liquides amoureux et aucun mot ne se prononce, comme s'il s'agissait d'une liturgie macabre. Instants criminels, à chaque fois la mort gagne sur la vie, une mort aux aguets qui emporterait à chaque fois quelque chose de nous, vivants. Je me régénère en l'oubliant, elle en garde les stigmates en m'attendant. A l'instant de la quitter, je sais que rien n'aura changé, que je continuerai à passer mon autre vie sans elle, et qu'au moment où je le désirerai, je dirai en toute quiétude : demain cinq heures, ça te va (respiration). Je sais qu'elle guette jour et nuit les sonneries du téléphone, moi, je me tais et ne réponds à aucune de ses supplications en dehors des *parenthèses délirantes.* Ma cruauté me sidère. Cette femme n'attend rien de cette relation, sinon un peu de considération, mais j'en suis incapable et me nourris de son désastre (respiration). Elle est cultivée, talentueuse et je la vois se délabrer un peu plus à chacune de nos rencontres. Pour l'humilier, je la provoque en affirmant une admiration inconditionnelle pour Castro, graciant les crimes d'un Milošević, j'énumère les bienfaits de la mondialisation, je vante les McDo, affirme sans sourire qu'*American pie* est un chef-d'œuvre, je me parfume de musc et garde un chewing-gum pendant l'amour.

Elle ne bronche pas. J'aime la savoir me haïr de se trouver dans l'incapacité de me rejeter. Le monde est sinistre, n'est-ce pas... »

Pendant une accalmie, ils ont traversé la Cour carrée du Louvre pour arriver sur la Passerelle des Arts. Après être resté muet à regarder les bateaux-mouches naviguer, à attendre qu'Andrea ait parlé de compassion et de retenue, l'homme demande l'absolution. « Je sens au son de votre voix qu'il n'y a aucun regret. Qu'il y a même un peu la fierté du coq devant cet état de fait, répond Andrea. Vous ne l'aimez pas, vous aimez son malheur et vous n'êtes à l'écoute que de votre seul désir et du confort qu'elle lui offre. Que puis-je dire à celui qui détruit une pensée ? Cette femme, tout comme vous, se drogue à vos *parenthèses délirantes* comme vous dites. La différence c'est que vous jouez avec elle alors qu'elle joue avec sa vie. L'essentiel à présent est votre effort pour tenter de briser son cercle de souffrance : cassez votre attachement à l'objet qu'elle représente, car pour vous, elle n'est déjà plus une personne... »

Ils se serrent la main. L'homme s'éloigne en direction du quai. Andrea l'observe attendant au feu rouge et, resté sur la passerelle, détourne les yeux vers le fleuve d'en bas... Une eau verdâtre, des vagues, le sillon des péniches.

Tant de corps ont flotté là, songe Andrea. Il les imagine ces cadavres d'hommes, figés et cahotants comme des billes de bois... Protestants de la nuit de la Saint-Barthélemy, Communards de 1871, Algériens jetés par des mains policières au crépuscule du 17 octobre 1961, Brahim Bouraam, marocain, bousculé par des crânes rasés un 1<sup>er</sup> mai 95... Corps désespérés jetés par personne, par la vie et le harassement, tous charriés là comme l'alluvion, la boue et le branchage. Piquetée de ses peupliers-harpes, la Seine a quitté Paris. Et ses fêtes, et ses habitants, elle est un fleuve fonctionnel à l'usage de la France où seuls quelques amoureux et promeneurs viennent y oublier le brouhaha de la ville.

Une voie express d'un côté, de hauts murs de l'autre, un fleuve prisonnier de remparts et de voitures.

## 4

Ce soir, les Guillain se préparent... Oh, pas à une opération solidarité-survie avec un pays en perdition, ni à une manifestation contre les laboratoires pharmaceutiques qui imposent des prix prohibitifs aux médicaments du tiers-monde. Non, ils préméditent une expédition commando contre un hôpital parisien. Service obstétrique, là où se pratiquent les avortements.

Les Guillain sont extrêmement soucieux de l'intérieur du ventre des femmes. Inquiets encore de l'intimité — le sexe et le cerveau — de filles qu'ils n'ont jamais rencontrées. Les Guillain veulent entrer dans les matrices et décider de l'avenir des cellules qui s'y trouvent. Fruits du hasard, de la violence ou de l'amour, peu importe, les causes sont indifférentes et indifférenciées. Que les dégâts collatéraux de l'amour aillent se faire voir !

Mais les choses sont toujours plus complexes. Comme s'ils voulaient opérer sur tous les fronts et montrer qu'ils savent aussi consacrer de leur temps à une action que rien ne peut contester, les Guillain donnent des cours d'alphabétisation dans la mairie de leur arrondissement deux fois par semaine. Deux fois par semaine, ils s'enfouissent dans l'humanité et prient pour que les âmes perdues retrouvent les chemins de leur loi.

Mémorisation ultime des couloirs de l'hôpital, portes, salle d'opération... Sur un long tissu blanc, ils bombent en rouge NON AUX TUEURS EN SÉRIE. Lever prévu, six heures. Sept heures, rendez-vous avec le reste du commando (deux personnes) au café *Quasimodo,* à deux pas de Notre-Dame, pour l'ultime mise au point. Attaque à huit heures, l'heure de la relève.

# 5

Les frères Morlowe, Andrea et Frédéric se retrouvent dans le hall de l'hôtel *Crillon*. Embrassades, effusions. Une fois par mois, le rituel est activé : se rencontrer quoi qu'il arrive, quelles que soient les circonstances. Seuls. Ils choisissent à tour de rôle un lieu de rendez-vous. Le *Crillon* est pour ce soir le choix de Frédéric. A Andrea les quartiers excentrés. A Frédéric, le centre et ses marbres. Des années-lumière semblent séparer *le Nabab* de *Sa Sainteté*. Semblent, car ils gardent des liens qui dépassent une simple fratrie, une sourde histoire les unit qui remonte bien au-delà des naissances. Petits-enfants d'immigrés, ils ont su choyer, entretenir la rage et l'humilité des ancêtres qui durent un jour se soumettre à la langue et aux lois d'un pays d'accueil. Morlowsky, leur nom d'origine, évoque l'est de l'Europe, le gel, les plaques de glace sur la Vistule, la neige du Vieux Marché... Warszawa, la rue Pilsudski.

Les grands-parents Morlowsky, Andrzej et Frydereka sont arrivés gare de l'Est à la fin des années trente. Andrzej, professeur d'anglais dans un lycée de Varsovie, devint à Paris livreur au *Bon Marché*, vélo-taxi, puis libraire à Laumière dans le 19e. Lorsqu'il eut acquis une bonne maîtrise du français, il se fit fort de traduire dans sa nouvelle langue des romans américains, noirs de préférence, Chandler en particulier. A l'armistice, les Morlowsky songèrent à la naturalisation. A la fois pour dépoloniser leur nom en gommant le *sky* final, et en hommage au privé Philip Marlowe, héros de Raymond Thornton Chandler, ils devinrent *Morlowe* et français à la date du 12 janvier 1950. Enfin, ils purent entrevoir un avenir rassurant et Frydereka mit au monde Nina, leur fille unique qui, à son tour eut deux enfants : l'aîné, Frédéric qui prit le nom de sa grand-mère, naquit en pleine saison des barricades, en mai 68. Le second, Andrea, à qui fut attribué le patronyme du grand-père, est né en juin 1970, le jour de l'été. Deux prénoms pour se souvenir, et de l'ascendance, et de la Pologne. Une fois leur père parti à la découverte d'un monde qui l'attirait plus que deux morveux en pleurs, ils furent élevés par Nina, une mère avocate, généreuse et volontaire qui s'aventura, en parallèle, dans l'édition militante.

Les deux frères s'intéressèrent à la théologie, à la biologie, aux filles et à Dieu. Dans l'appartement du parc Montsouris, on lisait, on étudiait, on riait. On discutait beaucoup. Très lié à sa mère, Andrea partagea avec elle le goût des autres, il écrivit un journal, s'habitua à la prière, parla au ciel après avoir lu saint François de Sales. Il apprit à jouer de la guitare, voyagea en Afrique et en Europe, il aima le contact des gens simples qui annonçaient sans fanfare leur humanité. Ecouter.

Frédéric, lui, lisait les manuels de physique, de biologie, observait les étoiles, se prit de passion pour Werner Heisenberg et Stephen Hawking. Pour alléger Nina, il vécut quelque temps chez ses grands-parents, et Frydereka sa grand-mère lui inculqua le goût de la réussite sociale, « pour ne jamais mourir pauvre », lui disait-elle. Il rêva de devenir physicien, puis astrophysicien, se décida enfin pour la biologie cellulaire et, diplôme en poche, se lança aussitôt dans des affaires qu'il imagina plus lucratives que la recherche. Intelligent et intuitif, il tira vite parti des technologies de la communication et fonda une première entreprise qui fut déclarée en faillite, six mois après avoir été inscrite au registre du commerce. La deuxième, *Self Kontrol,* fut la bonne. C'est celle qu'il vient de revendre à un groupe anglo-américain pour une somme à huit chiffres en dollars.

Nina appelle ses fils, mes chéris. Elle passe encore une partie de sa vie à plaider les causes perdues, les veuves avec ou sans orphelins, les sans-papiers, tout ce qui frissonne *mezza voce* dans le concert des nations. Mai 68 l'a formatée. Militante génético-culturelle, elle s'est donné la vocation de soutenir tout ce qui brinquebale, claudique, ce qui est ivre de dissidence, exilé, *clandestino*... Ses interlocuteurs de prédilection, via le tribunal, sont l'OFPRA (Organisme français de protection pour les réfugiés et apatrides), le ministère de l'Intérieur et la Paf : Police de l'air et des frontières.

Les frères Morlowe sont fiers de Nina et l'appellent deux ou trois fois la semaine. Ils disent maman lorsqu'elle décroche et lui demandent, avant de prendre congé, des nouvelles de ses publications, puisque Nina édite, imprime, publie son autre famille, les exilés. Militante...

[illegible] entreprise qui fut déclarée en faillite six mois après avoir été inscrite au registre du commerce. La [illegible] fut la bonne. C'est celle qu'il [illegible] de revendre à un groupe anglo-américain pour une somme à huit chiffres en dollars.

Sœur appelle ses fils, mes chéris. Elle passe encore une partie de sa vie à plaider les causes perdues, les veuves avec ou sans emplois, les sans-papiers, tout ce qui [illegible] dans le concert des [illegible]. [illegible] est la formation militante [illegible] [illegible] [illegible] [illegible] [illegible] [illegible] [illegible]

[illegible] [illegible] [illegible] [illegible] [illegible] [illegible] [illegible] [illegible] [illegible] de [illegible] [illegible] [illegible] [illegible] [illegible]

[illegible] [illegible] [illegible] ont fait de Nina et Ralph Bon[illegible] [illegible] la [illegible]. [illegible] [illegible] [illegible] [illegible] [illegible] [illegible] [illegible] [illegible] [illegible] [illegible] [illegible] [illegible] [illegible] [illegible] [illegible] [illegible] [illegible] [illegible] [illegible] [illegible] [illegible] [illegible] [illegible] [illegible] [illegible] [illegible] de production [illegible] [illegible] [illegible] [illegible] [illegible] [illegible] [illegible] [illegible] [illegible] [illegible] [illegible] [illegible] [illegible] [illegible] [illegible] [illegible] des recherches et nous deviendrons ensemble propriétaires du brevet. A travers Sam[illegible] [illegible], se [illegible] des biologistes, des chimistes, des [illegible] pour imaginer [illegible] des médicaments, d'infimes objets qui s'en iront à l'intérieur des corps nettoyer les artères, trop pleins de cholestérol, tirer des missiles sur des virus, ou même bricoler les neurones pour changer les connexions et nous faire découvrir des modes de pensée inédits, interdits... Sa voix était montée vers

## 6

Au bar du *Crillon,* Frédéric et Andrea sirotent deux *mint julep,* menthe, glace pilée, bourbon. Ils reviennent parfois sur les trajectoires différentes qu'ils se sont choisies. Ce n'est pas exactement un sujet, mais il ne leur est pas indifférent de se quereller, même si l'étonnement d'être ensemble ordonne chacune de leurs retrouvailles. Ils convoquent le présent et l'avenir, s'attardent sur Milos malade, les nanotechnologies, Louis, le réchauffement de la planète, la corruption des sociétés, Ismalia, le bordeaux rouge et le bourgogne blanc, la pluie...

— Puisque me voilà tout nouveau propriétaire d'un pactole, j'ai recréé une société, qui se voudrait un centre... de cogitation et de production. Je vais spéculer sur les savoirs, traquer la matière grise. Là où un petit inventeur, un chercheur, dénichera une piste inédite et prometteuse, je proposerai de financer les recherches et nous deviendrons, ensemble, propriétaires du brevet. A travers *Search et Recherche,* se rencontreront des biologistes, des chimistes, des physiciens pour imaginer, inventer des médicaments, d'infimes objets qui s'en iront à l'intérieur des corps nettoyer les artères, hop, plus de cholestérol, tirer des missiles sur des virus, ou même, bricoler les neurones pour changer les connexions et nous faire découvrir des modes de pensée inédits, interdits... (Sa voix était montée vers les aigus, crescendo)... Apaiser les corps, c'est rendre les âmes légères...

— Il y aura des guerres entre les pauvres et les riches, des hordes d'hommes et de femmes qui se trouveront spectateurs d'un monde qui rêve, aime et grandit sans eux. C'est ça que je vois, répond Andrea. Le corps penché au-dessus de la table, il se sent pesant, irrémédiablement soumis à la loi du souci.

Ils commandent des clubs-sandwiches, se font servir du vin. Frédéric affirme qu'Andrea soigne les blessures d'un monde du passé et que lui, veut trouver les failles d'un avenir où se nicheront de nouveaux désirs. « Les gens en ont marre d'avoir le même corps qu'au temps du Christ ou de Louis XIV. Je t'assure qu'ils voudront s'affranchir de ses limites pour qu'il leur offre des pouvoirs inattendus : plus de connaissances, plus de résistance, plus de plaisirs. »

Andrea a écouté son frère. « Tout d'abord, les blessures du monde passé, comme tu dis, sont extrêmement présentes et je ne me sens ni inutile ni périmé, murmure-t-il de sa voix douce. Et me démener aujourd'hui avec le même corps que Platon ou Montaigne, ne me perturbe pas vraiment. La main de Proust qui écrivit la *Recherche,* ne me déplaît pas, l'œil de Cézanne regardant la Sainte-Victoire me convient, les jambes d'Hölderlin, marchant des collines de Tübingen pour aller à pied rejoindre Bordeaux, me vont au teint également. Qu'as-tu contre ces corps qui ont su nous parler admirablement du monde qu'ils rencontraient ?

— Le cœur des corps, Andrea ! le noyau, le centre. Changer l'alphabet pour qu'un nouveau roman du vivant puisse s'écrire... Tu te souviens, comme j'avais été sidéré d'apprendre qu'il y avait seulement quatre acides aminés pour servir de base à notre code génétique, A (adénine), C (cytosine), G (guanine) et T (thymine), continue Frédéric. On était étudiants et je t'avais dit, retiens bien ces quatre lettres, A, C, G, T, c'est comme se souvenir de son jour de naissance ou d'un numéro de Sécu qui aurait cheminé durant des milliards d'années. Toute notre histoire est là, un long filament d'ADN à l'écriture vertigineuse. Tu avais répondu : imitons la vie, écrivons nous aussi un roman à quatre lettres... »

Frédéric tendit une feuille à Andrea.

« Je t'ai apporté une minuscule séquence de génome, cette jolie page où A est vert, T rouge, G jaune et C bleu. Comme les voyelles de Rimbaud... »

GGGTGTAAAGCCTGGGGTAATGTT
TAGGTTAAATGGGCAAATAAAGTG
CAAAGCCTGGGGTAATGTTTAGGT
TAAATTAAGTGTAAAGCCTGGGG
TAATGTTTAGGTTAAAGGGCATAAAG
AAGAAGCCTGGGGAGGTTAAATGGG
TAAAGGGTGTACCTGGGGTAATGTT
GAGGTTAAATGGGCAAATAAAGTG
TAAAGCCTGGGGTAATGTTTAGGT
CAAATTAAGTGTAAAGCCTGGGG
AAATGTTTAGGTTAAAGGGCAAT
TAAGTGTAAAGCTGTAAAGCCTGGG
GATAAATGGGTAAAGGGTG
TACCTGGTTAGTGTAAAGCCTGGGG
TAATGTTTAGGTTAAATTAA
GUAAAGCCTGGGGTAATGTTTAGGT
TAAATTAAGTGTAAAGTTAAGGTAG...

« La nature écrit magnifiquement », lance Andrea, qui ne se lasse pas d'interroger la feuille de papier. Il la retourne, cligne des yeux, l'éloigne puis vient croiser le regard de son frère : « Tu m'offres les lettres les plus étonnantes que puissent lire les hommes d'aujourd'hui. Moi, je t'offre une équation à deux chiffres : Deux cent cinquante-six, égale deux milliards. Qu'est-ce que tu dis de ça ? Rassure-toi, ce n'est pas une conjecture mathématique improbable, mais la fortune des deux cent cinquante-six personnes les plus riches du monde qui équivaut à la richesse des deux milliards d'humains les plus pauvres. Il y a des équations qui tuent... »

Brusquement, Andrea se lève et entraîne son frère à l'extérieur, vers la nuit et les brillances des candélabres de Hittorff, place de la Concorde. Surgissant de la pénombre, un homme se précipite vers eux, armé d'un parapluie. « Armand, mon nouveau chauffeur », explique Frédéric. Andrea répond par un bonsoir aimable puis, tous trois à l'abri, ils font quelques pas vers l'église de la Madeleine. Andrea propose alors de garder le parapluie et qu'Armand reprenne sa liberté. « Tu rentreras en taxi, dit-il à son frère. Tu peux faire ça ? »

Ils s'éloignent dans la nuit au milieu du vacarme des voitures qui tournent sur la place.

# 7

Lena tire à petites bouffées sur une cigarette blonde, Luis fume un cigarillo. Allongés sur le lit, jambes enlacées. Malgré la pluie ils ont rouvert les fenêtres pour profiter du clapotis sur les rebords et sur les toits d'en face. Volutes bleues du petit havane, volutes grises de la Dunhill, les anneaux de fumée se mêlent pour s'évanouir au plafond. Il vient d'y avoir des gestes, de la jouissance, des abandons, cadeaux...

Il dit : « Je suis né dans un petit village du Pays basque à côté du col de Saint-Ignace. Là, il y a des chevaux sauvages, les potioks, des frontons où se déroulent les jeux de village, pelote, improvisations chantées sur la vie quotidienne. J'ai été un étudiant moyen, mais j'avais la passion de la lumière. J'ai rêvé d'éclairer tous les objets que j'aimais pour les offrir en spectacle à mes amis... »

Il fait une pause. « Je parle, mais toi, qu'est-ce que tu racontes ? » Il tire une dernière bouffée du cigarillo avant de l'écraser dans un large cendrier posé à terre, près du lit : « Ce qui me prive quand je fume, c'est de ne pas voir la fumée.

— Je te raconterai une autre fois, dit Lena d'une voix distraite. Aujourd'hui il y a eu une rencontre, de l'amour et *ton* histoire. Un autre jour, il y aura des retrouvailles, de l'amour et *mon* histoire. »

Luis cherche ses lunettes de soleil, les pose sur son visage et, prêt à écouter un nouveau récit : décris-moi mon appartement, demande-t-il à Lena.

Luis ne cesse de prendre ses renseignements par l'ouïe et le toucher. L'odorat, bien sûr. Il palpe, tâte, effleure, ajuste son oreille aux sons des étoffes et des succions, un déglutissement, une respiration, il écoute et caresse Lena du bout des doigts comme s'ils étaient des caméras qui sauraient attraper les fréquences de la lumière que l'œil ne voit pas. Il la respire, chaque parcelle, recoin et plissement de peau sont répertoriés dans la mémoire olfactive de Luis. Ce foisonnement sensuel le captive, le soumet, il se dit qu'il tient dans ses bras une forêt amazonienne et qu'il lui appartient d'aller en explorer les essences et la faune, en répertorier les cris et pleurs, les liquides, tout ce que peut receler de fragrances et bruissements la géographie d'un corps.

Dans sa jeune vie, Lena n'a jamais connu de tels recueillements à son égard. Mesurant l'espace qui les sépare, elle n'ose parler plus avant d'elle. Et même si elle s'en veut de son silence, elle souhaite plus encore profiter des émois d'un homme qui la découvre sans le désir des yeux. Elle ne pouvait s'imaginer détentrice de mystères capables de mettre à leur recherche tant de méticulosité.

## 8

Paris la nuit se gonfle de lumière. Partis des candélabres et des enseignes, des faisceaux de photons fuient en tout point pour s'en venir provoquer le visage des passants, les pierres, le bronze des colonnes rostrales. *Nulle étincelle en aucun œil ne meurt en vain.* Les trente-deux ponts s'allument, les avenues, un Arc de Triomphe, tandis que la fontaine des Lions à Daumesnil, celles de l'Observatoire, du Châtelet, du Trocadéro, de la porte de Saint-Cloud, du boulevard Richard-Lenoir s'illuminent, que l'eau jaillit des gueules ouvertes, s'écoule des vasques pour tracer dans une demi-pénombre des traînées jaunes et bleues.

Des lampes Philips à vapeur de sodium de 400 watts, des projecteurs au sodium blanc de 100 watts, des lampes à incandescence, des fibres optiques, tout concourt en quelques secondes à ce que la nuit plante ses forêts de points lumineux pour redéfinir les couleurs du jour. A ce que mille soleils venus du haut de lanternes dessinées par des architectes inspirés, Baltard, Starck, Wilmotte, Hittorff, découpent des arches, des ponts de métal, une coulée verte dans le 12e arrondissement, des façades d'hôtels, une cathédrale, une place des Victoires... Et les statues... Corps de pierre, de bronze et de marbre, Etoile du matin, Etoile du soir, elles s'offrent au regard, seins dévoilés, à l'heure où se frayent les désirs au travers des ruelles. *La lumière a éclaté comme de l'ambre...* Des hommes et des femmes traversent la ville transformée en paquebot-nuit, ils avancent en quête de l'improbable, le lieu de rencontre avec leurs doubles maléfiques — ou bienveillants — les anges de Paris, figures du ciel descendues au ras des boulevards pour s'offrir un tango avec un passant.

# 9

A la séance de 18 heures, je suis allé au *Studio Galande* voir un film asiatique. Une jeune femme attend sur une plage un homme qu'elle n'a pas vu depuis dix ans. Ils se retrouvent au bord d'un océan au milieu des dunes de sable, un anniversaire, car là est l'endroit de leur dernière rencontre. Ils vont tenter de se dire ce qu'ils ont vécu, l'un sans l'autre, pendant tout ce temps, comment et de quoi se sont remplies leurs existences, quels ont été les autres visages, les danses et les voyages. Devant l'impossibilité, avec des mots, de peupler cette longue absence, ils décident de s'enfouir dans le sable décrétant que celui-ci est le désert, le lieu de tous les possibles, un début, une fin, comment savoir ? Enterrés, ensablés, ils se regardent, muets, fascinés par l'extrême présence du visage aimé, seul, comme posé sur le monde, sans corps ni mémoire. Las, ils décident que les dix années n'ont pas eu lieu. Alors qu'ils viennent d'effacer le temps, surgissent les mots adéquats pour qu'ils puissent s'imaginer sortir neufs de ce tombeau de sable, de son silence, du vent et des dunes, et ainsi recommencer une vie à deux, désengagée du souvenir et des trahisons.

Le soir, face à ma page blanche de cristaux liquides, j'eus une deuxième hallucination. Une tempête gorgée de sable soufflait sur Paris, s'immisçait dans les veines du métro, s'amoncelait au pied des édifices, maquillait d'une fine couche les avenues, les parcs, les berges... Un désert de rêve s'installait, quelques dunes se formaient place de la Concorde et rendaient son paysage d'origine à l'obélisque de Louksor...

Aussitôt arrivé, le docteur Chestonov appelé en urgence, sortit de sa trousse une boîte à liseré rouge, c'est de la Ritaline, prenez-en, deux comprimés, c'est ce qu'on donne aux enfants américains pour les amadouer. — Rien de grave docteur, fausse alerte, j'ai simplement vu un Sahara bleu magnifique recouvrir ma ville, comme s'il n'y avait plus ni passé, ni anticipation et que l'on vive le jeu intense du présent, à se perdre et se demander qui on est. Vous voyez, la routine...

Lorsque le docteur Chestonov fut sorti, la pluie redoublait, je commençai de rédiger la liste des choses qui allaient me rendre heureux.

## 10

A quelques blocs de là, Ismalia arpente un trottoir-miroir — pluie stagnante sur macadam —, un garçon sans âge à ses côtés. Jeune vieux, vieux jeune, il porte un anneau, *genre* s'est-elle dit, mais on s'en fout... Rencontre vite fait dans un bouge du quartier Bastille, drague ordinaire, réciproque, on s'enfuit ensemble dans le monde.

Dès l'arrivée d'Ismalia à l'*Iguane*, un café-jazz de la rue Saint-Sabin, ils se sont repérés, caressés des yeux, promesses de tout de suite, il est où le lit, le lieu matelassé où vont se passer les étreintes ? Ismalia se dit, pourvu qu'il soit doux, brutal, doux encore, brutal again, qu'il prenne et donne, retarde, accélère, se taise, qu'il lèche et humecte, clito / langue, sans excès, clito / langue sans fougue feinte, doucement, concentré sur le contact extrême, le mouillé, sans penser à l'après, lécher ici et maintenant, *hic et nunc*, pour le reste, je saurai l'inventer, à ma manière.

Ils se dirigent vers l'impasse de la Main-d'Or. Inutile de tergiverser, elle a en poche la clé d'appartement d'une mourante, et elle est terriblement vivante. Au dernier étage de la Witold, impossible d'allumer une quelconque lumière. Où est ce compteur ? Et tant pis, les lueurs du ciel serviront de décor aux parades. Ils jouent, font semblant du tout, tout de suite... Il bouscule, soulève la robe, retire ce qui gêne, s'étonne silencieux de la peau douce des fesses, il s'attarde, hume avec les doigts le satiné d'Ismalia.

Elle pousse la tête de l'homme entre ses cuisses, toujours ça de pris sans latex... Il obéit à l'injonction féminine, pose ses mains à l'arrière des hanches, oscille de la tête, se démène en douceur, là où tout est à fleur de tout, avance la langue sans jouer les marioles en force, du bout seulement, effleurement, salive et humeurs mêlées...

Ismalia se tait, yeux clos, elle pense à la terre qui s'envole, aux confins des étoiles, fusée projetée dans l'azur, elle attend, le scénario est ultra-correct, j'aurai droit à tous les actes, elle rit, s'émeut, jouit de chaque seconde, le temps s'étire, elle jouit encore, elle pense aux... Comment tu t'appelles ? — Jérémie ! aux couilles de Jérémie, elles cognent et c'est bon, la vie cogne de partout, pensée pour Witold, ma chère vieille femme, j'aime Jérémie, j'aime la Witold, j'aime jouir de la compagnie des hommes...

## 11

Frédéric et Andrea se sont quittés aux petites lueurs du jour, la lumière trouble des lendemains de pluie... Sans doute pour se distinguer, mais sans orgueil ostentatoire, *le Nabab* a lancé, au moment où ils allaient se quitter, place de la Concorde : « Il y a des peintres de la nuit comme Georges de La Tour, Rembrandt. Mais il y a peu de peintres de l'aube, et tu sais pourquoi ? Parce que l'aube c'est la lumière glauque. C'est l'heure de la mort. Il n'y a que Géricault et le Caravage qui s'y soient distingués... Je t'aime petit frère. Sois prudent ! »

Andrea avait récupéré son scooter et roulait déjà à toute allure vers la périphérie.

*Journal des doutes :*

... Nous subissons, nous nous taisons, motus, la vie écrase... Les hommes chuchotent à d'autres hommes les secrets qui blessent. Je navigue à vue, j'écoute la parole concassée, les fragments, confessions sauvages de la main à la main, aucun statut, échanges inter-humains... Mon bricolage homéopathique improvise des relations infimes et intimes, le cœur se livre et je délivre. Des fardeaux ? Le silence, cancer transparent, irradie les pensées. Rien ne peut lui rendre forme, il prend possession de l'être...

Avant d'aller dormir, écoute du répondeur... Bagarre... coup de couteau / J'ai pris des cachets pour... / Je voudrais en finir... / Ma femme est partie, je regarde la nuit comme un appel… / Allô, c'est Ismalia, je suis dans Paris… / Andrea, c'est maman, je pensais te trouver, bonne nuit…

Ultime bouffée sur le balcon, Andrea regarde le soleil rasant sur le bois de Vincennes, château ocré, tache bleue du lac de Saint-Mandé. Paris s'étale en pastel, lumière métallique des matins.

# V

# Jour tranquille à Paris

1

Paris by nox
poussières d'intox
La ville s'éclaire
les lampadaires
Néon je t'aime
Cité-poème
des vers s'écrivent
Paris dérive
Sombres les murs
Nec mergitur
Tags graffitis
Pas vu pas pris
Sax soprano
Couloir métro
Chorus de crise
Cœurs qui dégrisent
Des poubelleux
clignent des yeux
Il est cinq heures
Paris se leurre
Vite Météor
Météor hit
Départ Madeleine
Fonce dans les veines
de Paris-land
Jusqu'à la grande
Bibliothèque
Express high-tech

Paris by day
le jour renaît
Paris by day
Y a plus d'après
d'après-midi
Plus qu'aujourd'hui...

## 2

L'homme de nuit est parti. Acceptation réciproque d'une séparation annoncée, Ismalia avait besoin d'être seule, et Jérémie d'être ailleurs. Bruits chuintés du dehors... Elle se réveille dans un lieu inhabituel, l'attention soutenue par un monde sonore qu'elle ne reconnaît pas. Dans l'impasse, des bruits de pas cliquettent sur les pavés. Talons de femmes, rumeur au loin d'une avenue. Ne pas manquer l'heure. Elle appuie sur la petite touche *rewind* du magnétophone puis, après le léger sifflement du rembobinage, presse sur *on* et la voix d'Hortense Witold parle chez elle, à son insu. Ismalia circule dans l'appartement, l'appareil à la main... *il me faudra aussi un bouquet, des glaïeuls, les gens détestent, mais c'est ma fleur préférée...* va dans chaque pièce, la voix de la vieille dame à ses côtés, comme pour remémorer aux murs et aux choses celle qui les a côtoyés.

Rien dans l'appartement pour un petit déjeuner. Elle prendra crème et croissant dans un café, à côté de l'hôpital. Elle entoure la lampe bleue de Gallé d'une serviette de bain et trouve un sac de voyage dans la pièce aux photos. Elle se sent légère, désencombrée de son désir de la veille. Jérémie fut un amoureux partageur. Au moment de se débarrasser des préservatifs, elle regarde le sperme jauni à l'intérieur et se dit, voilà ce qui reste de notre nuit. Du caoutchouc, un liquide, de l'apaisement. Elle évoque le visage de son amant, l'odeur d'une peau, ses lèvres.

Tout va s'estomper pense-t-elle, je vais l'oublier, comme cette nuit de pluie, comme mon désir pour lui.

Finalement, elle ne sait quoi faire des préservatifs, surtout ne rien oublier ici. Elle saupoudre par la fenêtre un sachet de sucre vanillé trouvé dans un placard de cuisine, puis dissimule ses traces de la nuit dans l'enveloppe de papier vide qu'elle glisse dans une poche.

Tout est en ordre, dernière inspection, elle tire machinalement le dessus-de-lit matelassé.

# 3

Entrée d'Ismalia au café *Quasimodo*, à deux pas de l'hôpital. Elle dépose avec précaution le sac de voyage à ses pieds, au comptoir, commande un crème, prend un croissant dans la corbeille et reste là, debout, à lire un *Parisien* froissé sur le zinc. Elle ne peut apercevoir les Guillain qui lui tournent le dos et règlent avec leurs comparses les derniers détails d'une affaire. Nouvelles du jour, elle trempe le croissant dans la tasse qui déborde de mousse et se demande ce qu'Hortense Witold va bien lui offrir. Lui poser des questions au sujet du dernier homme, celui de l'ultime baiser... Les pensées se bousculent et s'enchaînent, désordonnées, flash sur Jérémie, une lessive urgente à faire ce soir, se rendre à la messe d'Andrea demain matin, coller des étiquettes sur les cassettes Witold en notant bien les jours, téléphoner à sa mère... C'est distraitement et au dernier moment qu'elle voit le groupe sortir du café. La mère Guillain, pense-t-elle, qu'est-ce qu'elle fait là ? Ismalia reconnaît le mari puis repère la fille et le garçon du commando qui tiennent des banderoles enroulées. Elle les regarde filer d'un bon pas vers l'hôpital et comprend.

Vite, payer, le sac, courir derrière eux, les devancer et prévenir. Ils ont déjà traversé la rue et Ismalia, à leur poursuite, se dit qu'il faut absolument arriver la première à l'entrée de l'hôpital. Alors, elle se mettra à hurler, fera des signes, improvisation. Elle court, dépasse le groupe sans se retourner de crainte qu'un des deux Guillain ne la reconnaisse. Aussitôt franchi le porche, elle entre aux admissions et crie, un commando ! Elle en ressort aussitôt pour se planter devant le groupe. « Tirez-vous... » Surpris, ils hésitent et, menaçants, bousculent sans ménagement la fille. Elle crie, interpelle les passants, lorsqu'une sirène d'ambulance se fait entendre. Gênée par son sac, Ismalia s'agrippe d'une main à la Guillain : attaquer le cœur du dispositif pour déstabiliser l'ensemble. Elle accroche un revers de veste et aussitôt tous l'affrontent. Bien joué, ils se sont arrêtés. Deux d'entre eux attrapent Ismalia par les épaules, la poussent sur le côté et la jettent à terre. Elle ne pense qu'à une chose, protéger le sac et sa lampe bleue. L'ambulance est là, stoppe devant la bagarre. Deux infirmiers sortent et demandent ce qui se passe. « C'est un commando, ils viennent tout casser », prévient Ismalia qui tient serrée contre elle une anse du sac. L'un des deux types qui l'ont mise à terre assène « salope, tu vas te taire », il la gifle et, vengeance ultime, lance un coup de chaussure dans le sac et se jette dessus à pieds joints. « Tes petites culottes, ton poudrier, ton Walkman, tes CD, tu peux te les mettre au cul ! »

Ismalia a finalement fait capoter l'opération des Guillain qui rebroussent chemin en proférant des menaces dont tout le monde se moque. Soulagement, on rit. Ismalia ouvre aussitôt le sac et se rend compte de l'évidence : la lampe bleue de Gallé est brisée.

Comment expliquer à Hortense Witold que le souvenir d'une vie vient d'être victime d'un commando anti-avortement ?

**La neuvième nuit.**

Nina publie les écrits des autres. Les autres ? Des gens qui ont dû quitter les lieux de leur langue et de leur mémoire, tous exilés et venus habiter une ville-refuge. Dans son bureau du quai de la Loire dans le 19$^{e}$, près du bassin de la Villette, elle a installé une mini-cafétéria où se retrouve sa tribu d'écrivains. LOURDEMENT LE MUTISME PÈSE SUR LE MONDE, la phrase d'Hermann Broch est affichée à côté de la machine à café. Là, on discute de la mise en page, de la disposition des textes originaux face à leur traduction française, illustrations, photographies. Pour qu'aucun peuple ne manque, Nina, tout en exerçant son métier d'avocat, utilise l'argent des plaidoiries pour payer imprimeurs et papier. Et même si Frédéric, comme il le fait régulièrement avec son frère, propose de lui donner l'argent nécessaire, elle ne veut être la danseuse de quiconque, pas même de son fils. « Plus tard, lui a-t-elle dit, quand je rêverai d'éditions d'art à tranches dorées. Chaque chose en son temps, pour le moment, ce sont des mots venus d'ailleurs que j'ai envie d'imprimer, venus de là où ils ne peuvent être dits et surtout pas écrits. »

Elle n'a jamais pensé qu'il était démodé de militer.

Lorsque Andrea entre dans le bureau de sa mère, Nina est en train de vérifier la traduction d'un texte écrit en persan par Atiq Rahimi, un jeune Afghan qui vient de lui remettre un conte d'exil, justement. Ce texte fera partie d'un ensemble dont Nina cherche encore le titre générique. « J'ai demandé à une vingtaine d'écrivains qu'ils me disent ce que signifiait être expulsé de son territoire, de sa langue, de sa mémoire et se trouver, par là même, démuni de son outil vital, l'écriture. Tu veux bien lire ce texte à haute voix, j'entends mieux de cette manière les scories ou maladresses de la traduction. Fais-moi un baiser quand même... »

Andrea embrasse sa mère et commence à lire, debout, face au trafic des péniches du canal :

*Il était nuit. La neuvième nuit. La plus obscure. La plus silencieuse. La plus pesante. Dans les pénombres du temps, la terre avait perdu ses horizons.*

*Il était nuit, la neuvième nuit.*

*Le passeur d'hommes avait dit : La neuvième nuit sera la dernière passée sur votre terre.*

*Silencieux, nous marchions clandestinement vers les frontières. Nous étions en train de fuir notre terre natale. Chacun pour une raison...*

*Il était nuit. La neuvième nuit. Nous sommes arrivés au sommet d'une montagne. Le passeur d'hommes a crié : Arrêtez ! Jetez un dernier regard sur votre terre !*

*Nous avons regardé derrière nous. Dans l'obscurité du temps, la terre était perdue à nos yeux. Nous avons pleuré. Puis nous nous sommes mis à courir vers l'autre côté de la frontière. L'un d'entre nous a ralenti ses pas. C'était un petit bonhomme sans bagages. Durant le voyage, il avait été le plus lent, le plus fatigué et le plus anxieux de tous. Il est parti s'asseoir contre un rocher. Je suis venu vers lui pour l'aider à marcher.*

*— Où pourrais-je aller ? dit-il.*

*— De l'autre côté de la frontière.*

*— Cela n'a plus aucun sens !*

*— Et tout ce voyage alors... ?*

*— Je suis parti pour sauver mes mots. Je voulais les emporter de l'autre côté des frontières...*

*Des mots ? Quels mots ? A mon regard perplexe, il répondit :*

*— Je les avais cachés dans mes yeux. Et lorsque tout le monde s'est mis à pleurer, moi aussi j'ai pleuré. Les larmes ont emporté mes mots... Ils sont tombés par terre, dans la terre... Sans mots, n'importe*

*où, je serai étranger... Plus étranger qu'un étranger. Là-bas, sans ma terre, j'aurais pu vivre avec eux.*

*Je me suis mis à remuer le sol. La terre et les mots y étaient mélangés. J'ai pris quelques poignées de terre et les ai mises dans ma besace. Le bonhomme rit. Un rire macabre. Il dit :*

*— Comment pourrait-on maintenant séparer les mots de la terre ? L'exil sera comme une feuille blanche que l'on ne pourra remplir que de passé. Le présent de l'exilé ne peut être écrit que dans les marges, et en bas de page.*

*Il s'est adossé au rocher et me pria de le laisser seul quand je l'entendis rire de nouveau, un rire amer.*

*— Je m'appelle Atiq, me dit-il.*

*— Atiq ? ! Sommes-nous homonymes ou doubles ?*

*— Ni l'un, ni l'autre. Toi, tu es juste mon nom.*

*Il m'a fait peur. Je l'ai abandonné.*

*Après quelques pas hésitants, je me suis mis à courir et j'ai disparu dans les pénombres, de l'autre côté de la frontière.*

« On pourrait intituler ton livre tout simplement : "*Mots d'exil*" », suggère Andrea à sa mère.

# 4

Noires, les ténèbres de Luis se peuplent à l'aube de ce jour de senteurs colorées, bergamote, œillet, rose de Bulgarie, mousse de chêne, iris, gentiane, gardénia, jasmin, musc, ylang-ylang, santal, immortelle...

Collé à Lena, il dort et ne dort pas, le visage enfoui dans les chairs, submergé d'entités inconnues qu'il cherche à nommer, il invente le nom des parfums et voit leurs corolles, le rouge des cochenilles, la garance, le jaune assourdissant des boutons d'or... Ne jamais se lasser de ce qu'invente ce corps, se prend à rêver Luis. Ne pas non plus le laisser s'enfuir et demeurer alors dans un antre obscur d'où les arômes se seraient évanouis. Silencieux, Luis ne montre rien de son demi-sommeil et de l'égoïsme secret qu'il y a à profiter de la niche, au creux du corps de Lena. De la caverne des ombres, il la *regarde* marcher, rire et bouger, *voit* ses dents saillir pour un sourire et les cheveux qui virevoltent dans la brise... Aimer un corps sans visage, un corps qui exhale, aimer celle qui offre sa seule présence.

[illegible]

[illegible]

[illegible] nuit.

— Justement, c'est ce qui m'effraie. Il était beau, [illegible] gentil, il est reparti, on ne s'est même pas donné nos numéros de portable. C'est comme ça [illegible] vous. J'ai l'impression d'être libre et en même temps abandonnée. Il faut toujours décider dans l'instant, [illegible] tout se joue à la minute, après, c'est trop tard. [illegible] le temps de dire : demain, on a ce qu'[illegible]

# 5

« Qu'est-ce qu'on va devenir, Andrea, qu'est-ce qu'on sera toi et moi à la fin de l'année, dans un an, dans deux ans... ? »

Ismalia marche dans les ruelles ombrées de l'île Saint-Louis, non loin de l'hôpital. « Cette nuit j'ai fait l'amour, ce matin je me suis battue et maintenant j'ai envie de pleurer. Pas de chagrin, pleurer parce que j'ai peur, dit-elle à Andrea depuis le portable.

— J'ai du vent dans les oreilles, mais je t'écoute petite découcheuse... »

Andrea roule sur son scooter, se rend à Neuilly retrouver Louis... « Peur ?

— Je ne parviens pas à me rassurer, à me projeter demain, après-demain, à me voir mener ma vie avec des gens autour, je ne m'imagine ni avec une famille, ni sans. J'aimerais être amoureuse, le matin quand je me lève, je me dis, c'est peut-être pour aujourd'hui, mais au fond, je sais que ce n'est pas demain la veille...

— Tu viens de me dire que tu as fait l'amour cette nuit...

— Justement, c'est ce qui m'effraie. Il était gentil, fou et gentil, il est reparti, on ne s'est même pas donné nos numéros de portables. C'est comme ça, tu vois... J'ai l'impression d'être libre et en même temps abandonnée... Il faut toujours décider dans l'instant, comme si tout se jouait à la minute. Après, c'est trop tard... Pas le temps de dire à demain, ou à ce soir, les gens se sont volatilisés... A part toi et quelques-uns de mes malades, je ne suis intéressante pour personne, c'est toujours moi qui rappelle, je dis : vous vous souvenez de moi ? » Andrea descend l'avenue de la Grande-Armée, ivresse et vitesse, la chemisette gonflée de vent, il songe aux voiliers, à la ville-océan, et à l'Ulysse des cités qui navigue au milieu des remous.

*... Sous ta peau, y a l'orage*
*Des pays africains,*
*les éclairs et la rage*
*Que tu serres dans tes mains...*
*T'as moins peur de mourir*
*Que d'mal vivre ta vie,*
*Petite fille, p'tite misère*
*C'est comment quand tu ris...*

— Après l'orage, tu déprimes petite fille. Voyons-nous tout à l'heure dans un quartier que tu aimes.

— A part ça je suis en forme. Elle rit. D'accord pour ce soir, sept heures au café *le Départ*, place Saint-Michel, c'est à deux pas de l'hôpital. Aucune envie de métro.

# 6

Aujourd'hui, jour béni, Louis s'envole avec Andrea sur la Grande Roue de la place de la Concorde. Paris se déroule, monte et glisse autour d'eux comme un film sur écran géant, la ville vue de haut avec le mystère des toits et des distances.

« J'aimerais rouler en scooter comme toi oncle Andrea, filer dans la ville avec des musiques à tue-tête dans le casque et flâner dans les rues sans penser à rien... Si tu me confessais, tu saurais mes secrets de la nuit, quand il n'y a que moi et le sommeil. Souvent je plane avec mes parents, dans le ciel au-dessus de Paris, puis ils disparaissent dans les nuages d'un orage, c'est noir et violet, et moi je m'enfuis sur un éclair, à toute vitesse avec la lumière, vers une prairie où je retrouve un cheval que j'ai déjà rencontré dans d'autres rêves et qui me parle. Il me dit qu'il faut encore attendre. Je ne sais pas quoi, attendre, et alors mes parents tombent des nuages transformés en crocodiles. Je reconnais leurs voix, leurs montres et les bijoux, mais ce sont des crocodiles avec des écailles de métal. C'est ça qui me réveille. »

Soudain, Louis s'empare de la main d'Andrea et demande : « Pourquoi tu n'as pas de femme ? T'es beau, même plus beau que Frédéric, je suis sûr qu'il y en a au moins une qui aimerait te prendre dans ses bras et te faire des bisous... Je vais prendre des photos de toi (il venait de sortir un petit compact numérique de son sac à dos) et je demanderai à papa de les mettre sur Internet... »

Andrea fait signe que non, oui pour les photos, non pour Internet... Après tout pourquoi non ?

« Tu veux connaître la liste de mes animaux préférés ? enchaîne Louis. Il y a le requin parce qu'il a toujours des dents qui poussent et repoussent — comme moi en ce moment —, le corbeau, le léopard, le loup (tu connais le latin toi, *canis lupus*)... J'ai gardé pour la fin mon préféré. C'est un oiseau qui vit en Amérique, centrale je crois, du côté du Mexique. Il est beau, plus que beau, magnifique, il s'appelle quetzal. Il a des plumes rouges, vertes et une longue queue blanche avec des rayures. Quetzal, on dirait le nom d'un dieu. Tu sais oncle Andrea, j'aimerais plus que tout approcher un quetzal, simplement le regarder et me rendre fou de plaisir. »

Descendus du manège, ils enfourchent le scooter et traversent la Seine. Arrivés aux alentours du Muséum d'histoire naturelle, Louis et Andrea bifurquent pour aller manger des cornes de gazelle à la Grande Mosquée, boire un thé à la menthe avec pignons... Puis, ils reviennent vers la grande Galerie de l'Evolution du musée. Structures métalliques sur trois étages, d'où on surplombe une cohorte d'animaux grandeur nature. Un couple d'éléphants, des hippopotames, des chameaux, des girafes... On pense au cortège d'une noce qui se rendrait vers une arche de Noé. Louis est fasciné et s'inquiète néanmoins de savoir s'il y a un quetzal dans la place. Andrea comprend que l'on pourrait montrer à Louis toutes les merveilles du monde, l'obsession quetzal demeure. « Deux solutions, mon Luigi : ou on part tous les deux en Amérique, ou tu demandes à ton père de t'acheter l'oiseau rare que tu pourras contempler chaque jour chez toi. Mais je ne te conseille pas cette dernière solution, ce n'est pas un joli cadeau que d'enfermer ceux qu'on aime. »

Louis demande quand ils iront au planétarium.

« J'adore les étoiles et les galaxies. Il paraît que l'univers a quinze milliards d'années. C'est possible un temps aussi long ? »

Lorsqu'ils se retrouvent sur le scooter d'Andrea pour rallier Neuilly, Louis annonce : « tu sais, on dit que je dois aller voir un psychiatre pour qu'il m'écoute parler. Maman répète sans arrêt qu'il faut aider les riches à être riches et que moi j'ai le syndrome de la richesse subite. C'est quoi un syndrome ? »

**Luca et les extraterrestres.**

Il y avait ces courtes lettres que l'Agence Spatiale Mondiale (WSA pour : World Space Agency) avait demandé aux internautes de rédiger. Mille cinq cents signes maximum pour répondre à trois questions : 1/ *Racontez qui vous êtes,* 2/ *Décrivez votre vie actuelle,* 3/ *Qu'espérez-vous d'essentiel ?*

Luca Malitch, jeune homme d'une quinzaine d'années, habitant le quartier du Marais à la hauteur du musée Carnavalet « prêtait », depuis quelques semaines déjà, son ordinateur à l'opération SETI (Search for Extraterrestrial Intelligence). L'université de Berkeley en Californie nommait ainsi la recherche d'une intelligence extraterrestre et, par un besoin exponentiel de calculs, avait eu l'idée de demander à deux millions d'internautes de par le monde l'autorisation d'utiliser leur ordinateur lorsqu'ils n'en avaient pas l'usage. La nuit principalement. Dans le même temps, un radiotélescope géant situé à Arecibo dans l'Etat de Porto Rico balayait une partie du ciel et enregistrait à chaque seconde toutes les émissions arrivées de l'univers, émises sur une bande de fréquences choisies. La pluie d'ondes devint rapidement une avalanche de nombres, d'où la demande extravagante de calculs à assurer pour savoir si, oui ou non, une intelligence venue des confins de l'univers était capable de nous envoyer des messages.

Luca Malitch fait partie de ces deux millions d'aficionados passionnés par le projet SETI. Comme chaque participant, il reçoit une unité de travail représentant 107 secondes de signaux radio captés sur une minuscule tranche de cosmos qu'il traite lui-même à l'aide d'un programme envoyé par l'université de Berkeley et qu'il a téléchargé.

L'idée de l'Agence Spatiale Mondiale est de pouvoir être opérationnelle dès le premier signal reçu et envoyer sur-le-champ une rafale de fiches signalétiques codées à propos de Terriens de tout âge, issus des recoins les plus variés de la planète.

Pendant une semaine, Luca a travaillé et écrit sur un petit carnet qu'il a porté sur lui, au lycée, dans le métro, à la cantine, au cinéma. Partout, il a noté détails et précisions pour parvenir à condenser en quinze cents signes ce qu'il voulait qu'un extraterrestre sache et retienne de lui :

Je me nomme Luca Malitch, je suis né le 5 octobre 1986. Je vis à Paris, la capitale d'un pays qui se nomme la France, elle-même faisant partie d'un ensemble plus vaste appelé Europe. Humain, mâle, de race blanche, famille des mammifères, mes cheveux sont bruns, mes yeux verts, je suis en classe de seconde technique et philosophie au lycée Chaptal de ma ville. J'habite dans un appartement de quatre pièces chez mes géniteurs, mon père et ma mère, mariés et non divorcés.

Je me rends chaque jour au lycée en utilisant un transport souterrain, le métropolitain. Je me nourris des philosophes grecs, allemands et français comme Aristote et Platon, Kant et Hegel, Sartre et Foucault. J'étudie personnellement (car non programmée au lycée) la découverte scientifique majeure du XX$^{e}$ siècle, la mécanique quantique. J'écoute la musique de U2, Mozart et la voix de Maria Callas. Je vais deux ou trois fois par semaine au cinéma, (*Matrix, Matrix* et *Matrix*), j'utilise Internet, corresponds en langue anglaise avec trente personnes du monde, j'ai été amoureux une fois, je n'ai pas encore fait l'amour et le sida me terrifie.

Je rêve un jour d'aimer totalement, tendrement, follement une seule personne. J'espère connaître les voyages dans l'espace, que les maladies comme le cancer, le sida (bis) seront guéries, comme les maladies génétiquement transmissibles. Je voudrais que ma planète soit propre et juste, que mes rêves de nuit se réalisent le jour, que les hommes et les femmes qui le désirent s'allient pour former une nation du monde, là où il fera bon vivre, sans orgueil, ni dieux à inventer.

Luca Malitch

# 7

Vroum, la vitesse, vroum les pensées, Andrea aime Paris à l'heure de pointe, quand ça surchauffe sous les capots, que les conducteurs s'énervent, deviennent voyous et morveux. Paris-sauvage. Ce soir, de Neuilly à Saint-Michel, une demi-heure d'imagination en liberté, évocations fugitives... Avec l'Arc de Triomphe en point de mire, pensée pour les pierres des carrières du Valois transformées par Rude en *Marseillaise...* Digressions et souhaits multiples : faire des descentes musclées chez d'anciens professeurs de français : bonjour, c'est la police poétique, vous êtes accusé d'avoir introduit dans nos têtes enfantines de dix ans, votre médiocrité, votre incompétence à faire aimer tout poème, que vous avez décortiqué jusqu'à l'os, expliqué jusqu'à le réduire à une coquille vide, sans saveur, ni sens, mots juxtaposés dépourvus de sonorités et de magie... Vous êtes arrêté pour crime contre Rimbaud, viol et violences rationalisantes sur adolescents de moins de quinze ans... Oui, régler les vieux comptes, toujours remis, jamais assouvis... Retrouver l'homme qui dénonça Frédéric et sa bande de l'époque pour avoir visité les catacombes et souterrains interdits une nuit de décembre 86, qui les a vus sortir au petit matin d'une plaque d'égout à côté du jardin du Luxembourg et qui dépêcha sur le « lieu du crime » un car de police en maraude : vous êtes en état d'arrestation pour délation sur personne qui n'avait nullement l'intention de nuire à autrui... Le pharmacien qui n'a pas délivré la pommade salvatrice et a exigé l'ordonnance du Zovirax alors que l'herpès fleurissait déjà sur la lèvre...

Andrea se sent léger, il visualise parfaitement les scènes, les menottes, extorsions de fonds et réparation, la mine défaite de ceux à qui aucun compte n'est jamais réclamé.

# 8

Place Saint-Michel, un rassemblement bruyant scande des slogans au travers d'un mégaphone. Arrivé en avance au rendez-vous, Andrea va aux renseignements sur le terre-plein face à la fontaine. Il écoute, regarde l'unique banderole, il y a réunie là une centaine de personnes, tout au plus. Mouvement homogène, des garçons jeunes, des filles jeunes, la banderole dit, LES START-UPS DICTENT LEUR LOI, UNISSONS NOS DROITS.

« Je croyais que tout allait bien de ce côté-là, dit Andrea à un jeune type qui porte bouc et chemisette-cravate.

— Oui, tout semble aller... Il y a une loi sur les trente-cinq heures dans ce pays et nous, on fait le double avec le sourire, la jeunesse, cool quoi... Si on réclame on est ringard, si on parle de droit du travail, on est passéiste, si on demande un peu de normalité dans les horaires, on nous dit, hou le cégétiste morveux, tu crains ! Voilà l'état des lieux : on nous emploie parce qu'on est jeunes, on nous exploite parce qu'on est jeunes et un peu snobs, on nous dit de la fermer parce qu'on est jeunes et légèrement défaillants côté syndical. Donc, on fait notre première manif, une prise de contact plutôt que d'éternels e-mails sans visage. Une manière de se connaître et de ne pas rester des zombies, chacun dans sa start-up, qu'un patron de notre âge vendra de toute façon au plus offrant demain matin, ce soir, avant que le cours ne s'effondre... »

Andrea va et vient entre les groupes, écoute encore, interroge et s'en va vers *le Départ* rejoindre Ismalia. Qui l'attend.

Ils se retrouvent, s'étreignent, commentaires sur la manifestation, il pressent qu'elle a besoin de réconfort. « Je te l'ai dit Andrea, je ne me sens pas heureuse et je m'attends au pire pour les mois à venir... »

Elle avait asséné cette phrase en ouverture, comme s'il était nécessaire que les choses soient clarifiées dès le premier instant. Elle commande, « quelque chose d'alcoolisé, je sais pas, un gin-tonic... » Andrea prend un café serré et un quart Perrier. Il demande ce que veut dire s'attendre au pire.

— Je ne vois pas pourquoi les choses s'arrangeraient d'elles-mêmes. Je côtoie tous les jours des mourants, je vais chaque matin de notre tour de cinglés à l'hôpital, je fais l'amour comme ça, sans conviction, parce que mon corps le réclame. Alors que j'ai mille et un désirs qui ne seront pas exaucés... C'est ça le pire, Andrea, savoir très tôt que rien ne sera exaucé.

Les manifestants tentent un début de cortège pour remonter le boulevard. Mais ça tergiverse et discute, dislocation, des petits groupes s'éloignent en des directions différentes. A la terrasse du *Départ,* les boissons viennent d'arriver. Le serveur a ajouté un ramequin rempli de cochonneries, chips trop grasses, olives fripées. D'emblée ils écartent. Ismalia prend une petite pique en bois et se met à tracer sur la table des arabesques virtuelles.

— Je me sens inachevée Andrea, incomplète, amputée de désirs, de parfums, de volonté. Vouloir, c'est la faculté de nommer ce qui ne l'est pas, de façonner avec des ombres un visage, de parfumer l'inodore. Je fais le bien et ça ne me rend pas heureuse. Je me soucie. Pourtant, j'ai un désir simple : danser ma vie avec un homme.

— Danser...

— Danser sur le monde avec quelqu'un... Vivre des jours ordinaires en se disant le soir, le miracle continue...

Ismalia parle et s'agite, elle aimerait qu'une translation de sa pensée et de ses affects parvienne à glisser à travers les neurones d'Andrea. Interface amitié. Sans plus avoir de mots à prononcer, qu'il sache comment elle voit parfois sa vie et comment, plus souvent encore, elle ne la voit pas. Elle se dit, je suis condamnée à une existence au jour le jour qui se remplit des hasards du quotidien. Aucune réponse à des vœux, les choses se font sans que je les ai espérées puisque je sais par avance qu'elles ne s'accorderont pas à mon désir.

Après l'euphorie de ses nuits-sexe, elle atterrit doucement vers les petits matins ternes, alors surgissent au cours de la journée les exigences qu'elle n'a pas eu l'énergie de s'imposer. Ni des regrets, ni la mauvaise conscience : le souvenir simple d'un ratage où personne n'a puisé dans l'essentiel pour en faire don à l'autre. Quelques étreintes et basta !

Pourtant elle l'imagine, cet inconnu avec lequel danser sa vie... Se forment dans sa tête des missives, conversations, monologues où les lèvres ne remuent pas, des prières où se mêlent les mots simples de la divagation amoureuse, quand aucune oreille n'est là pour prendre au mot et se moquer. « Je vous regarde alors que vous ne me voyez pas. Des mers et des ciels m'apparaissent lorsque je songe à vous, de vastes étendues où je vous sens à mes côtés, et nous en quête d'une île, d'une oasis où je poserais ma tête sur votre poitrine pour ne penser à rien. Seulement à vous qui marchez avec moi sur la peau du monde. Danser avec vous ma vie, c'est rire et parler, bouger mon corps à la même musique que la vôtre, c'est pleurer les mêmes larmes et se dire ensemble que rien ne saura entamer notre joie d'être côte à côte. Vous êtes mon espérance, comment dire... Je vous rêve en pensant au délice d'une rencontre, je la situe dans le métro, dans le hall d'un hôtel, ou peut-être tout simplement dans la rue, là où tout se passe. Paris est vaste et quand je marche, je m'attends à entendre votre voix prononcer mon nom. Souvent, je m'arrête devant les vitrines des magasins et, dans le reflet, sans avoir à me retourner, j'observe derrière moi pour vérifier si vous n'y êtes pas, timide à m'appeler. Parfois, je vous néglige, le quotidien accapare tout, me prend mes plus jolies réflexions à votre endroit, pourtant je revisite des images aperçues à la télévision ou dans un film et c'est là que j'aimerais me trouver, dans des grottes près de Naples, sur des pentes neigeuses du Tyrol ou un lagon azuré, je murmurerais des mots à votre oreille et j'attendrais avec impatience le lendemain matin pour le plaisir d'écouter votre rasoir électrique me prévenir qu'il lisse votre peau pour moi. C'est le soir que mes pensées pour vous sont les plus nombreuses, les plus intenses. Voir vos yeux se fermer de sommeil avant les miens, que je puisse comme aujourd'hui vous murmurer des mots qui viendraient frôler votre visage, votre nuque, comme un ange protecteur, écouter votre respiration apaisée et vous dire que notre danse sur le monde ne fait que commencer. »

# VI

# D'autres mondes

# 1

Ce jour-là une mini-tempête souffle sur Paris.

Un vent chaud et sec, transportant avec lui des nuées de sable que l'on peut voir se changer en monticules étriqués aux pieds des colonnes Morris, transforme les terrasses en buvettes d'urgence tant les gens ont envie de s'abreuver, boire une eau minérale, un soda, peu importe pourvu que la bouteille sortie d'un réfrigérateur garantisse son extrême fraîcheur par la densité de la buée sur le verre.

Alors que les essuie-glaces des voitures balayent de fines couches de silicate sur les pare-brise, un discours étrange est prononcé dans une salle de conférences, air conditionné, de l'hôtel *Bristol* par Jonathan Cobb. Conseiller en communication pour la firme *Genetrix,* trente-cinq ans, plutôt bel homme, peau hâlée, sourire d'alligator, il est habillé pour la circonstance d'un costume en soie effilée de T'ien-Tsin. Debout, un micro HF pincé sur son revers, il parle sans notes. Décontracté sans ostentation, il semble avoir un regard pour tous, tant son visage et ses yeux mobiles donnent l'illusion de privilégier chacun des invités. L'assistance ? Staffs réduits d'entreprises triées sur le volet et qui ont la particularité d'avoir *exponentiellement* réussi ces six derniers mois. Mais aussi des jeunes sociétés en ingénierie génétique, en biométrie, des réalisateurs de films publicitaires, des représentants du gouvernement pour les ministères de la Santé et de la

Recherche scientifique... *Search et Recherche* est représentée par Frédéric et ses deux plus proches collaborateurs, Guillaume et Melchior.

Sujet de la conférence : la mise en marchandise du vivant.

« Chaque période historique, chaque actualité vive, chaque invention technologique de première importance apporte des analyses qui vont traiter de cette nouvelle donne à laquelle est soumise l'humanité. Surtout, elle va introduire des perspectives inédites, aussi bien pour la pensée, l'action et la production. Inhérents à ces trois axes, des rapports différents entre le monde et les hommes vont forcément s'instaurer, rapports économiques, politiques, amoureux, eux-mêmes transformant en profondeur la société... »

Ainsi commence l'intervention de Jonathan Cobb. Il fait une pause de courte durée afin de vérifier si toutes les conversations se sont interrompues, remarque dans le même temps les magnétophones sous tension, tous marqués du point rouge de l'enregistrement. Il poursuit.

« Au XIXe siècle, à l'avènement de l'industrie lourde en Occident, Karl Marx a décelé un rapport nouveau entre salariés et capitalisme : la force de travail confère aux objets une plus-value que le propriétaire du capital répercutera sur sa vente, sans contrepartie finalement pour celui qui l'a créée. L'idée se fait jour aujourd'hui que nous entrons dans un mode de production où le matériau biologique ne serait rien d'autre qu'une marchandise d'un nouveau type qui induirait une industrie, un marché, donc une idéologie. La mise en marché de la force musculaire des hommes du XIXe siècle, va se trouver remplacée par la mise en marché du vivant. Nous ne cherchons pas à agir directement sur le réel, mais sur ce que celui-ci inspire aux imaginaires. Qui pourra contester l'utilité et la légitimité de grands laboratoires qui cherchent à apporter confort et bien-être ? Cette satisfaction des besoins s'appelle tout simplement bonne santé, réussite ou bonheur. Au choix. Ce qui sortira *in fine,* sans que cela s'évoque jamais directement, sera une "post-humanité", je mets évidemment ce mot entre guillemets. Quand et comment nous allons sortir de l'espèce humaine au sens où on l'entend aujourd'hui, je l'ignore. La dernière grande idéologie, décédée en novembre 1989, le marxisme-léninisme, a glosé et glosé sur l'arrivée de *l'homme nouveau.* Ne glosons pas puisque nous manquons de vocabulaire, disons simplement que cette nouveauté ne s'appellera pas un homme. »

Jonathan Cobb marque une interruption, boit une gorgée d'eau et, son regard balayant l'assistance à toute vitesse, demande s'il y a des questions. Plusieurs mains se lèvent. Il répond point par point et termine avec une jeune femme assise au dernier rang : « Vous êtes en train de nous dire que des manipulations génétiques vont, en parallèle, soigner mais aussi intervenir sur les cellules germinales, ce qui veut dire que les modifications intervenues se transmettront de générations en générations. Jamais les gens n'accepteront de tels changements irréversibles.

— Contrairement aux totalitarismes, mademoiselle, la démocratie et le libéralisme auront permis, par une alliance objective, un certain "management des esprits" sans que jamais aucun citoyen n'y trouve à redire. Je suis persuadé du bien-fondé de ces recherches, poursuit Cobb, et des conséquences pertinentes qui verront l'homme lui-même contrôler sa propre évolution en se débarrassant ainsi de la *lenteur* de la nature et de ses *hasards.* Nous nous emploierons à rendre désirable ce qui apparaît encore à nos contemporains comme dangereux, et parions que dans un temps qui est proche, il ne sera nullement nécessaire d'avoir à convaincre pour effectuer en toute liberté ce dont chacun sera le demandeur !

Pour terminer, je vous rappelle qu'il aura fallu

3,5 milliards d'années pour que l'évolution produise le génome humain que nous venons de séquencer. Relevons le défi de le *réécrire*, en mieux et dès maintenant. Je vous remercie. »

Applaudissements polis. Frédéric chuchote à Guillaume et Melchior, ses associés-collaborateurs :

— C'est un cinglé... Qui a invité ce type ?

— Moi je trouve qu'il faut toujours avoir de l'admiration pour les hommes *parfaits*, dit Guillaume. Lui est un cynique parfait.

## 2

Ocre, la couleur du vide, le désert est jaune pastel. Il traverse les jardins, en brûle les fruits et les fleurs, tapisse les murs de poudroiement.

La planète se dérègle, les nuages de poussière imprègnent les mondes de béton, planent au-dessus des villes d'inespoir, rangées en cases habitées, dressées de parallélépipèdes, de dômes rigides couverts de feuilles d'or. L'envahissement par le vent venu du sud est une nouveauté. D'habitude, ce sont des épices et des lambeaux clandestins qui surgissent des siroccos, mais là, quel subtil point d'interrogation ! Questions pour demain : que vivrons-nous, qui aimerons-nous, comment, doucement, intensément ? De quoi se fabriqueront nos errances, ces hasards bienvenus qui déambulent entre rien et rien ? Trace d'un temps dépourvu de mémoire, le sable s'insinue, comme les modes, à l'intérieur des fissures où chacun se rêve un futur de paillettes et de clinquant, label de bienvenue chez les connectés.

Dans l'oued d'Aïn Sefra, Isabelle Eberhardt fut emportée, ensevelie et noyée de caillasse et de boue, prise dans les flots inattendus d'une archéologie déjantée. Le désert noie les mots, efface toute réalité afin que seules quelques caravanes transportent le flux de la survivance et les images qui hanteront le crâne des caravaniers. Dans le désert, l'anachorète ne fuit pas le *divertissement* des villes, il vient tout au contraire à la rencontre de son plus grand chagrin, de sa tentation la plus folle pour tenir tête aux images emportées avec lui et affronter le diable qui, justement ici, n'est travesti en rien.

# 3

Dans la Mercedes 500 que conduit Armand, et qui ramène Frédéric, Melchior et Guillaume dans le 8e arrondissement, siège des nouveaux bureaux de *Search et Recherche,* les conversations s'échauffent. Le sort de Cobb, que Frédéric croyait réglé, est remis sur la sellette par Melchior qui, avec moult précautions, ne peut entièrement se désolidariser de ce qu'il vient d'entendre, et tente de ramener ses comparses vers une réflexion positive.

— Jonathan Cobb est sans doute abject, salaud, cynique, OK allez-y... J'aimerais toutefois, mes amis, que vous décortiquiez sans préjugé ce qui vient d'être dit. C'est un conseiller en communication qui a parlé, en premier lieu, à des communicateurs...

— Ces types que l'on appelle des *spin doctors* et qui se prennent, comme lui, pour des centres du monde, enchaîne Guillaume. Et qui le sont, puisque aussi bien ils conseillent et innervent de leurs analyses le président des Etats-Unis, du Nigeria, du Honduras, Omar Bongo, le Likkoud israélien...

— S'il te plaît, je continue... Il s'adressait également à des scientifiques et à des citoyens, à vous, à moi. Que faire de ces techniques nouvelles qui donnent accès, non pas simplement à des changements qualitatifs de bien-être, mais à un changement radical de la pensée ? C'est cela n'est-ce pas qui vous choque : on assiste à une désacralisation de la personne humaine, l'espèce est en mesure de se transformer, et personne ne peut imaginer aujourd'hui où cela peut aboutir...

Vous ne trouvez pas qu'il fait anormalement chaud dans cette voiture ? coupe-t-il en s'adressant à Armand.

— La climatisation est au maximum, je pense que du sable a dû obstruer les entrées d'air.

Revenant à ce qui semble lui tenir à cœur, Melchior poursuit : « En fait mes amis, la question qui se pose est binaire : tout cela conduit-il à plus de bonheur, plus de réjouissances et de jouissances, ou au contraire à un chagrin immense, infiniment nostalgique de l'idéal humaniste des Lumières ? »

Alors qu'il extrait des bouteilles de Perrier et de Coca du petit réfrigérateur logé dans un des sièges avant, Frédéric avoue n'être pas choqué par les propos tenus par Cobb. « Ce qui me dérange, c'est sa manière de vouloir tromper son monde... Faux-cul, il énonce : ne parlez surtout pas pour dire quelque chose, mais pour produire certains effets... Pourtant, le problème peut être posé de manière très simple : de nouvelles techniques nous permettent d'entrer au saint des saints de la matière humaine, allons voir, observons, agissons. Cela ne me semble pas plus scandaleux que Freud découvrant dans nos arrière-boutiques des territoires souterrains qui ne dépendaient plus de la raison. »

Comme s'il se fût délesté de ses amis, Guillaume regarde sur le côté, par la vitre, les maisons de Paris qui passent au ralenti comme un déroulant de cinéma.

« En réalité, malgré des discours qui se veulent apaisants, la peur est entrée en nous, dit-il presque en chuchotant. Nous portions dans nos corps la terre, les astres, les jours et les nuits et notre imaginaire nous inventait des espérances extravagantes. Que sont devenues ces finalités ? L'instant nous accapare, la consommation du quotidien nous gave d'objets, de corps et d'images qui s'oublient dans les placards de nos appartements, de nos agendas ou de nos mémoires. Lorsque la fatigue gagne certains peuples, autrefois créatifs, on appelle cela un déclin de civilisation. Nous assistons aujourd'hui au déclin de l'humain, comme si l'imagination qui fut son édifice original s'était tue... »

Il observe ses amis, cherche une approbation. Soudain, il se trouve passéiste et nostalgique, le genre d'attitude dont ils adorent se moquer. Pourtant, ils se taisent et se mettent, tout comme lui, à porter leurs regards vers le spectacle de la rue.

Caressée par de minuscules volutes de sable fin, la berline avance à travers les avenues de la ville. On pourrait penser à un char de guerre camouflé ou à un transport clandestin de matière prohibée... Bombardés à chaque seconde par des milliards de neutrinos invisibles tombés du soleil, les passants ignorent tout des destinées de la planète fomentées dans le secret d'officines et de laboratoires, tout comme restent opaques les bureaux derrière lesquels se rédigent les discours qui auront la charge, non pas d'expliquer, mais de distribuer des images en guise de faits.

Où est le monde réel, se demande Frédéric, celui de l'intérieur de cette voiture, ou le décor qui défile de l'autre côté avec ses figurants ?

[illegible]

[illegible]

[illegible]

[illegible]

[illegible]

[illegible]

[illegible]

## 4

Frédéric quitte ses bureaux en milieu d'après-midi pour aller boire un expresso sur les Champs-Elysées, au *Deauville*, de l'autre côté de l'avenue. Sans sucre, amertume, la vie rauque qui coule dans la gorge. Séquence solitude dans la mêlée, s'apaiser l'esprit au spectacle d'une foule ordinaire. Il se demande si avant de rentrer dans la maison de Neuilly, il ne va pas faire un détour par la place Clichy et accorder du temps à Emilie, une productrice de séries TV rencontrée aux sports d'hiver. Pause décontraction. Jonction totalement inutile à l'accomplissement d'une vie, mais beau cul et yeux noisette... Mieux contrôler l'inessentiel, se dit Frédéric.

Il appelle Laure, sa femme, règle avec elle quelques détails de la soirée organisée ce soir autour du physicien Michel Broch et du psychologue de Louis, Pierre Monteil.

Envie de téléphoner à Andrea.

Sable et volutes.

Oui, contrôler mieux tout cela, le désordre des désirs.

Une foule bigarrée défile nonchalante. Femmes voilées, des hommes en djellaba, policiers en serge bleue, couples à peau claire du nord de l'Europe, appareils photo qui se balancent sur le ventre ou sur le côté comme des épées, mots d'anglais, jeunes femmes ultra-maquillées, garçons en costume-cravate, taxi ! taxi ! Des drapeaux flottent sur l'avenue, au sommet des mâts...

Frédéric s'immerge dans un mouvement cosmopolite. Voix et couleurs, sacs blancs en papier de Guerlain, sacs plastique aux logos de Virgin et de la Fnac à la main. L'avenue des Champs-Elysées est un relais entre deux aéroports, l'idéogramme y frôle le cyrillique ; le réel, la carte postale. On l'arpente armé d'un passeport, de cartes *Visa,* la tête encore remplie d'un départ, le nid où se concoctent les stratégies du quotidien. Que de steppes, gratte-ciel, pagodes s'effleurent là en s'ignorant, sur cette chaussée pentue qui grimpe vers un arc, alors que les amples vêtements d'été se gonflent des courants d'air de l'Etoile. Frédéric a les mêmes sensations que devant son écran, de là où il accède au monde, sans bouger, calfeutré dans sa ville. Chaque personnage — les passants — tient exactement le rôle que l'on a envie de lui voir jouer. Ou pas jouer. Des irréalités. De ce défilé du présent dépourvu de conséquences, surgissent des scènes de l'éphémère, la nourriture du spectateur.

Qu'auraient à dire un Milos, une Lena, un Luis, une Ismalia à un Frédéric ? Ou vice versa. Mondes étrangers dans une ville indifférente. Chacun est recroquevillé dans son alvéole, sans aucun modérateur pour rendre compte de la diversité des autres mondes. Qui aurait autorité pour dire à chacun des emmurés, on ne vit pas partout comme vous là, dans votre cellule, avec votre répertoire de mots, de visages, de films, de numéros, votre trousseau de clés, vos préférences sexuelles... Tout ce qui fait que vous êtes vous, et pas un autre, avec une histoire unique à dérouler. Juste à côté de votre territoire, il y a des gens qui vous dissemblent, des riches, des pauvres, ignares ou têtes bien pleines, *les autres,* familiers et tellement étrangers, issus d'un même périmètre national, d'une identique langue, mais d'à côté... Ils ont des règles et des principes qui sont les vôtres, parfois pas. Ils vivent en face, à l'écart, de front, dans un même espace qui n'est pas traversé par le même temps. Votre mémoire n'est pas la leur, votre futur n'est pas le leur, qu'ont vos présents à se raconter ?

## 5

Frédéric ne fait pas le détour par la place Clichy et se fait conduire directement à *la Civette* du Palais-Royal. Il choisit une boîte de Juan Lopez, format robusto — Monteil aime les havanes —, et en profite pour s'offrir un énième humidificateur tout de marqueterie importé de Lettonie. Lorsque son portable se met à vibrer contre sa poitrine, visionnage du numéro affiché, il décide de ne pas répondre. Dans la voiture, nouvel appel, de Guillaume cette fois, qui lui confie ne pas être tout à fait d'accord avec Melchior... Pas tout à fait d'accord ! Mais moi aussi j'hésite, je veux tout, ou alors rien, je veux tenter, oser, m'amuser, s'insurge en silence Frédéric tout en souhaitant à Guillaume bon théâtre, bonne soirée, bon souper. « Tu vas voir quoi ? — *La Cerisaie* de Tchekhov. Tu vois, j'ai le goût des mondes perdus... »

... Moi, je veux trouver ce qui rendrait nos vies folles et rassurantes, déjantées et structurantes, qu'il n'y ait ni utopies à épouser, ni programme à appliquer, mais des essais. Je veux être un *essayeur*...

— Armand, ça évoque quoi pour vous si je vous dis : je suis un essayeur ?

Essayeur de filles ou de bagnoles ? pense Armand tout en négociant son virage vers la voie express des quais. De sa voix la plus posée, il tente une réponse :

— Je songe à quelqu'un qui voudrait goûter à tout

et qui, avant de se décider, essayerait ce qui se présente à lui.

Il ajoute : Si je peux me permettre, *essayiste* serait sans doute plus prestigieux qu'essayeur. Ambitieux surtout, puisque le nouveau siècle n'a pas encore livré son Montaigne...

Armand aime manier condescendance et politesse.

# 6

A l'entrée de Paris, des milliers de voitures stagnent depuis de longues minutes dans le sens province-capitale. Sens inhabituellement encombré en ce début de soirée, puisque c'est l'heure où les travailleurs et employés repartent au contraire vers les banlieues. Néanmoins, soumis à ce type aléatoire de ralentissement, on pense à un accident, puis au périphérique saturé qui empêcherait l'accès à la capitale, ou ne pense à rien, perdu dans une musique, des infos en boucle, à l'écoute de sa FM préférée.

Un incident singulier, dans un pays de climat continental, est à l'origine de l'embouteillage. Une dune de sable s'est formée dans le souterrain qui relie l'autoroute du Sud au périphérique, à la hauteur de la porte d'Orléans. Le vent saharien s'est engouffré là, dans le tunnel qui fait un long coude à cet endroit, et a buté contre la paroi en carrelage blanc. Tout d'abord en traînées, puis en monticules sans impact particulier sur la circulation, le sable s'est accumulé dans le virage jusqu'à former une dune suffisamment importante pour empêcher le passage sur une, puis sur deux voies. Un semi-remorque, à l'immatriculation espagnole, qui voulait tenter une brèche en se serrant sur la dernière voie disponible, s'était finalement arrêté pour ne pas venir s'encastrer sur la paroi libre du tunnel. Paralysie.

Stupéfaits, confrontés pour la première fois à un

phénomène de cette nature, les services de la voierie de la ville se sont trouvés à court d'idées : une dune à la porte d'Orléans ! Il leur fallut discipliner dans le même temps une présence massive de caméras, micros et reporters. La Préfecture de police dépêcha en urgence une compagnie républicaine de sécurité. Ensuite, on chercha les véhicules capables d'absorber une telle quantité de sable. A part quelques aspirateurs de feuilles d'automne, ils ne trouvèrent rien de conséquent dans l'immédiat. Après un temps de réflexion les autorités s'adressèrent aux sapeurs-pompiers des 14e et 13e arrondissements. Ce furent eux qui finalement, sous les caméras d'une dizaine de chaînes de télévision, entrèrent sur le tunnel d'autoroute par le sens interdit. Lances mobiles, aspiration, le sable infesta les citernes qui partirent se déverser en une mer de sable de la banlieue nord, département de l'Oise, à une lieue de la tombe de Jean-Jacques Rousseau.

# 7

« Il m'a fallu convaincre les politiques, faire vibrer la fibre nationale, invoquer la France éternelle qui ne pouvait être absente d'un tel programme... Avoir une bonne idée quand on est scientifique ne suffit pas, il faut encore batailler pour obtenir de l'argent... »

Ainsi parle Michel Broch, astrophysicien responsable d'un satellite européen qui décollera dans les douze mois à venir.

« Je suis un astronome de l'invisible », ajouta-t-il dès le début du dîner.

Porte-couteaux et verres en cristal de *Lansin,* Château-Figeac 89 et Lynch-Bages 94 pour les vins, un bougeoir est allumé auprès de chacun des convives. Laure porte un tailleur parme clair tandis que Frédéric exhibe une nouvelle tenue signée Kagamuchi, un couturier de Kyoto qui mélange lin, soie et synthétique. Le quatrième convive, Pierre Monteil, est ce jeune homme qui dialogue depuis une dizaine de jours avec Louis.

« Moi aussi je m'adonne à l'invisible, dit-il, j'essaie de repérer sous quelle chape de silence se dissimulent les blessures des gens. L'inconscient est sans doute aussi énigmatique et peuplé que le ciel... »

Dans la maison des Morlowe, on parle sciences du futur, sentiments du présent, on se dit que l'on est important.

« Mon travail consiste à ce que le satellite détecte le plus possible de rayonnement gamma dans l'univers, poursuit Broch qui repositionne constamment ses lunettes au sommet de son nez. L'onde gamma est la radiation des catastrophes. Lorsqu'une bombe nucléaire explose, il y a émission de rayons gamma. Lorsqu'une étoile meurt, elle envoie dans le cosmos une quantité gigantesque de ces mêmes rayons. Mon idée est la suivante : nous avons repéré récemment une production considérable de rayonnement gamma provenant d'une même région du cosmos et qui remonterait à quatre milliards d'années. La géographie de cet ensemble forme une sorte de ceinture oblique dans la banlieue de notre galaxie. Or, quatre milliards d'années correspondent à l'émergence du vivant sur notre planète, la naissance des premiers micro-organismes. »

Pour tenir son effet, Broch fait une courte pause, déglutit, Frédéric en profite pour servir du vin. « Des centaines, peut-être des milliers d'étoiles seraient donc mortes à cette même époque et auraient provoqué, à partir de leur rayonnement funèbre, la chaîne de réactions conduisant à un miracle improbable : la vie sur terre. C'est ce que notre satellite partira vérifier. »

Pour l'instant, Frédéric ignore la nature d'une éventuelle collaboration avec un type comme Broch, mais il est heureux d'avoir à sa table un homme à la fois immergé dans le futur et préoccupé de la reconstitution du passé. « Ainsi, dit Laure, comme Christophe Colomb partit vérifier l'emplacement des Indes, vous partez en expédition afin de savoir si des millions d'étoiles mortes auraient participé, en explosant, à rendre possible notre discussion de ce soir. »

Distribution de cigares, la fin du dîner tourne autour de ce que Pierre Monteil appelle « les maladies de l'excès ». Quelques lieux communs sur l'enfant circulent : miniature en devenir, empreinte imparfaite, éphémère en transit...

« L'enfant est très normatif, conclut le jeune Monteil, il aime le centre, les extrêmes lui procurent un terrible sentiment d'insécurité. Que l'excès se situe dans la pauvreté ou la richesse, ce qu'il veut, c'est ressembler à son environnement. Se fondre dans les jeux, les fantasmes, le rire des autres. Qu'il n'y ait pas d'adjectifs collés à sa personne, n'être ni le gros des autres, ni le riche, ni le pauvre : être simplement appelé par son nom, sans signe distinctif ajouté. »

Lorsque les invités eurent quitté la maison, que les illuminations du jardin furent éteintes, Frédéric en revint à son idée du début de soirée, appeler Andrea. Avant de partir s'isoler dans son bureau, il embrasse Laure, l'assure qu'il vient la rejoindre vite et entre sur la pointe des pieds dans la chambre de Louis.

« Astronome de l'invisible... » On dépense des énergies et des sommes incroyables pour trouver ce qui a pu se passer il y a quatre milliards d'années et on ne sait toujours pas ce que pense la personne assise en face de nous, songe Frédéric.

Après être resté un instant à regarder son fils endormi, il monte dans son antre de bureau, au dernier étage. Frédéric parcourt ses messageries. Fax, e-mails, connexions multiples qui attendent des réponses. Grands espaces et temps immédiat. Puis, allongé sur un divan, il coupe d'un coup de guillotine la tête d'un Juan Lopez, l'allume avec une allumette grand format, petites aspirations, extrémité incandescente, il compose le numéro d'Andrea.

[illegible] sur les mystères [illegible] Que l'excès [illegible] [illegible] [illegible] les raconteurs [illegible] [illegible] [illegible].

Lorsque [illegible] quinze [illegible] [illegible] [illegible] la découverte des

## 8

*Journal des doutes...*

Parfois on traverse des continents pour aller à la rencontre de paysages et de visages. Nous martelons de nos pieds des sentiers caillouteux, gravissons des flancs de montagne, voguons sur des fleuves tumultueux, kayaks, pirogues, sampans, on avance, on avance inquiet de l'intensité de la nouveauté. Le nouveau, quelle nourriture de siècle, quel joli ingrédient répondant au désir sans fin du piment, à l'excitation des sens...

Moi j'arpente Paris et j'ouvre grands les yeux. Le monde entier est là dans ses rues, ses boulevards, et j'en suis abasourdi. Tout y est rassemblé, sans escale obligée à Jaipur ou Singapour... Paris est la Terre, avec une vieille muraille de Chine ensevelie sous le Louvre, l'Odéon, sous la rue des Jardins-Saint-Paul et la rue Mazarine, murailles de la peur construites par d'anciens rois, les Philippe Auguste, les Charles V, avec un hôpital des lépreux laissé à l'écart, hors-les-murs... Sans compter les premiers documentaires de notre histoire, cathédrales et vitraux où se déroulent les scènes du mont des Oliviers, le Christ livré à la postérité par une paparazzi du nom de sainte Véronique, la Passion, premier crime couvert par les scribes et maîtres verriers de l'Occident, mémorialistes d'un temps imaginé, avant que Don Quichotte ne s'équipât pour aller vérifier si les Ecritures disaient vrai et s'en fût à la découverte des mondes humains. Avec encore des noms de poètes et d'écrivains sur les panneaux de rues, de chanoines et de saints, une pasionaria de la Commune de Paris, institutrice des Fédérés, Louise Michel, l'exilée. Paris-le-monde avec des forêts et les entrailles souterraines du métropolitain, le dernier tracé d'Eole qui fait s'enfoncer la rue Papillon, faille nouvelle, une Rift Valley en plein 10e arrondissement...

Et le désert, et le vent brûlant, et le sable convoyé du Sud pour dire l'oasis et les dunes, la source tarie.

Paris-Sahara, au rendez-vous des bédouins...

Andrea en solitude. Aspiration vers le ciel, les nuages et nuées, voler jusqu'aux étoiles... La nuit, compagne habituelle, la confidente. Manque cruel d'une présence attentive, celle avec qui partager des mots et son corps, partager un sommeil, l'apaisement et la respiration menue, frôler sa peau, repousser élégamment une jambe envahissante qui change de camp, observer des yeux en vadrouille sous les paupières, en plein drame nocturne, une poursuite, des tueurs, la frayeur inattendue.

A qui offrir son *intimité* ? Ce territoire des secrets, le lieu vierge où s'écrivent les chapitres sombres des hommes, les continents de l'extrême qui agissent, décideurs d'actions allant du misérable au grandiose, pourvoyeurs de sensations glacées où la vie s'enrichit de son *Antarctique* personnel, la terre des lointains, maudite et sauvage, capable de mortelles gerçures et de pensées déglinguées.

Quel virus s'est introduit en moi pour désirer, volontaire, ce dénuement ? Etre ce glacier de ville, qui écoute sans agir, qui offre compassion sans remède, qui s'empare des mots offerts sans les redéployer dans le monde et les voir éclore dans un roman des douleurs. Ma place dans ce monde n'est pas exacte, pense alors Andrea. Je m'éloigne de Dieu alors que les hommes m'assaillent, que certains s'envolent et que d'autres s'engluent, attachés à la gravité d'un monde qui meurt, que je vois des destins se flétrir sous le harnais de pensées anciennes, pensées qui ne parviennent même plus à raconter ce que nous vivons et ressentons, ce que nous pourrions espérer...

Lorsque le téléphone retentit, il hésite, puis pense à Milos, Luis, Ismalia, sa tribu, ceux avec qui s'est tissé le lien, avec qui un nœud d'existence s'est entrelacé *en attendant le meilleur.* Il sourit à cette pensée et s'apprête à décrocher. C'est bien cela : se parler, se voir, échanger des mots de peu d'importance en attendant le meilleur. Jours d'apesanteur à Paris...

Il reconnaît la voix de Frédéric qui, après avoir vérifié qu'il ne dérangeait pas, évoque sa soirée, quelques projets. Ils tombent d'accord que se voir une fois par mois est insuffisant et décident de se rencontrer dès le lendemain soir. C'est le tour d'invitation d'Andrea : « Rendez-vous au *Jemmapes*, près du canal Saint-Martin. Je suis sûr qu'il y a une éternité que tu n'as pas mis les pieds dans ce quartier. Tu verras, c'est vieux et neuf. A l'image d'aujourd'hui. »

avant d'un monde qui n'aura que le mien que dans [illegible] sous le [illegible] de [illegible] [illegible] [illegible] que [illegible] [illegible] [illegible].

[illegible]

[illegible] C'est un [illegible] [illegible] qu'on peut aller, non mais [illegible] atteinte à l'intérieur. [illegible] [illegible] [illegible] de la porter, c'est cela qu'on appelle le sacré, un temps, un périmètre dépendant d'un objet, un lieu, ou pas, n'était rien. Il m'a embrassée plus fougueusement que d'habitude, on se serrait sous la neige comme des novices. Puis avant de prendre un taxi, on est allés s'abriter sous le passage Véro-Dodat [illegible] de la neige, on a marché jusqu'à une [illegible] de pompes [illegible], puis devant la vitrine d'un [illegible], on s'est donné le dernier baiser [illegible]. Je n'ai plus revu Thomas. C'est ce sou-

## 9

La vieille Witold est morte en beauté, cernée de glaïeuls, le cou et les poignets saturés de Shalimar. Elle eut le temps de confier à Ismalia le nom de l'homme qui lui avait donné son dernier baiser : Thomas Vilnus. Motus sur l'hôpital et la déchéance, elle s'était tue, il l'a crue morte.

Plusieurs soirs, Ismalia a écouté et réécouté la voix de la vieille femme. Pleurs et chagrin. Dernières confidences sur cassette : « C'était l'hiver, on avait dîné chez Ragueneau, débite la voix morte d'Hortense. Avant de quitter l'endroit, je suis allée dans les toilettes me "refaire" les lèvres. Dans la rue, comme le temps était gelé, Thomas a glissé une main sous mon écharpe pour m'enlacer. C'était un châle en cachemire que m'avait offert mon mari, et cette main calfeutrée à l'intérieur m'a terriblement gênée. Une gêne absurde, bien sûr, mais je lui demandai de la retirer. C'est cela qu'on appelle le sacré, tu comprends, un périmètre de peau, un objet, un lieu, où on s'interdit tout. Il m'a embrassée plus fougueusement que d'habitude, on se serrait sous la neige comme des novices. Puis avant de prendre un taxi, on est allés s'abriter sous le passage Vérot-Dodat, tout à côté. Délivrés de la neige, on a marché jusqu'à une boutique de poupées anciennes, puis devant la vitrine d'un luthier, on s'est donné le dernier baiser de la soirée. Je n'ai plus revu Thomas. C'est ce souvenir que j'aurai gardé : un corps de violoncelle épiant les lèvres d'un homme. »

Hortense Witold voulut offrir à Ismalia l'appartement de l'impasse du 11e arrondissement, mais au vu du montant des droits de succession, le don fut annulé. C'est *l'Américain*, arrivé le lendemain de l'inhumation, qui en hérita tout naturellement, avec toutefois cette clause restrictive rédigée par le notaire Pône : le legs est assorti d'une obligation pour toute la durée où Stanislas Witold restera propriétaire et continuera de séjourner aux Etats-Unis avec sa famille : n'avoir qu'une seule et unique locataire, en la personne de mademoiselle Ismalia Hamd'ar. Paris le...

Après hésitation et discussions avec Andrea, Ismalia déménagea et put en toute quiétude, dans son nouveau quartier, orner son annulaire du petit diamant monté sur or blanc qu'elle venait également d'hériter. Un bijou, une pierre précieuse, elle n'en finissait pas de regarder sa main pour se ravir d'une élégance.

Un matin sur deux, elle se leva tôt afin de profiter des rues de Paris, le faubourg Saint-Antoine, la rue de Rivoli, le parvis de Notre-Dame et se rendre à pied, sans métro ni escalators, à l'hôpital. Paris au petit matin est d'une tendresse infinie, se dit-elle. Ça parle à peine. Les voitures sont là, mais l'odeur, la fraîcheur, ce doux moment où rien ne sature...

# 10

Après deux semaines d'hospitalisation, Milos est rentré chez lui dans l'atelier du 19e arrondissement. Léger handicap sur la partie droite du corps, il rééduque gestes et réflexes, aidé de Xuân Lan qui lui enseigne la calligraphie chinoise apprise de son père. Zébrer l'espace de huit traits parfaits pour signifier l'*éternité*.

Le vieux peintre s'enthousiasme pour ses nouveaux pinceaux en soies de sanglier, le papier de riz, l'encrier de pierre noire où se frottent les bâtons d'encre. « Mon fils se mure et définitivement ne veut pas converser avec moi, mais je t'ai trouvée Xuân Lan et j'adore le poème-tatouage que trace Rafik sur ton corps.

— Milos, vous m'avez parlé l'autre jour de cet écrivain Hašek... J'aimerais que vous me parliez encore du “monde d'avant”, Prague, ces pays de l'Europe du centre dont j'ignore tout. Qu'est-ce qui a fait que vous êtes devenu peintre plutôt que romancier, ou cinéaste ?

— Un choc. En 1932, j'avais dix-sept ans, j'étais allé avec mon père à Berlin. Il m'a emmené à l'Académie prussienne des Beaux-Arts et là, un frisson électrique m'a traversé le corps lorsque j'ai vu un tableau : *la Guerre*, un triptyque d'Otto Dix, peintre qui m'était alors inconnu. Etre capable de révéler ainsi l'horreur, l'angoisse, et les hommes qui entrent dans la bataille comme s'il s'agissait d'un lieu de brouillard où chacun va se perdre, m'a bouleversé. La guerre était cette opacité dissoute à l'intérieur d'une couleur verte... Visqueuse. Quelques années plus tard, à Munich, les nazis ont organisé une expo intitulée "l'Art dégénéré" ; évidemment Dix faisait partie du lot. Devant ses toiles, Hitler aurait dit : "Il est dommage qu'on ne puisse pas enfermer ces gens-là".

— Dans sa bouche, c'était un compliment...

— Une fois la paix revenue, je me suis rendu à Hemmenhofen où Dix habitait, en pleine forêt, dans une maison plantée sur une colline qui surplombe le lac de Constance. Je lui ai offert une de mes premières toiles directement influencée par lui : *Pont de la gare de Prague.* C'était tout de bruns et d'ocres avec de larges brassées noires... Nous avons correspondu pendant une dizaine d'années puis il m'a fait savoir qu'il aimerait que je vienne pour fêter son soixante-quinzième anniversaire, c'était en 1968. Il est mort l'année suivante. Ma vie s'est décidée sur un voyage, une ville et un tableau... Si tu vas à Dresde un jour avec mon fils, emmène-le au musée de la ville, et montre-lui le triptyque de *la Guerre* qui y est accroché. Pensez à mes dix-sept ans ! »

Milos exécute ses nouvelles gammes, des idéogrammes. Répétition de gestuelle parfaite, « trait jeté qui descend de gauche à droite », précise Xuân Lan, il lance son bras face aux feuilles de riz et réinvente *kasumi*, le brouillard ou *kimochi*, la disponibilité. Hommage et pensées pour le maître calligraphe Shugyô Tôchiku, empereur des signes... *Aucun désastre n'est plus grand que l'insatisfaction...*

— Apprends-moi des mots de vietnamien, demande Milos.

— Vous en connaissez déjà un : Xuân Lan signifie orchidée de printemps.

## 11

Cette ville m'est nécessaire : qu'elle s'enroule autour de moi et vienne grossir mon dictionnaire humain. Marcher pour penser. Penser pour écrire. Ecrire pour devenir. Parcourir la ville aux vingt et un passages couverts, aux cinquante-deux ponts, aux fortifications effacées enfouies sous les sédiments de nouveautés. J'aime la gravure d'histoire qu'est Paris, comme ses quartiers gris aux fenêtres dépareillées, ou les pierres du centre-ville, les collines, le reflet rose infime, le zinc des toits, la crasse des impasses.

Accompagné de Farhat, un chauffeur de taxi tunisien, je quadrille les arrondissements. Il m'abandonne au hasard d'une porte, d'une rue, une place qui m'intriguent : place des Fêtes, rue Rosa-Luxemburg, rue du Groupe-Manouchian, un passage... de l'Enfer. Je m'assieds en terrasse et là, comptable du lieu, je note que deux types balancent des noyaux d'olives sur les cylindres en flat-twin d'une moto BMW stationnée, qu'un garçon au regard fixe passe, énervé, à toute allure et lance, je te couperai les couilles Mickey, qu'une jeune fille au foulard léopard se trémousse au bras d'un garçon au crâne rasé, veste para à capuchon, pantalon coupé aux genoux... « Une mauresque, un gewurtz, un muscat-Ricard » coupe un serveur...

Quel territoire humain se partagent ceux qui n'ont rien à se dire ? Pourtant, chaque homme est un signe, il brandit à la face de la terre et de ses habitants ce que furent ses inventions, enfant, pour que le monde ressemble à ses rêves, qu'il s'y sente chez lui, afin de pouvoir y faire dignement son entrée.

## 12

A l'arrière d'un taxi qui la conduit de Clichy à République, Lena retire ses bas, son porte-jarretelles qu'elle glisse prestement dans son sac. Elle prend plaisir à retrouver ses jambes comme si son corps, durant la nuit passée, lui eût échappé. Elle demande à la conductrice si elle peut fumer, laquelle lui dit que l'essentiel étant d'être poli, c'est sans problème. A cause de la chaleur déjà intense de la matinée, les vitres sont baissées.

Paris défile, boulevard de Clichy, Pigalle, boulevard Rochechouart... Rencontre technique : un taxi, un passager, une destination, contrat conclu. La femme-taxi a reluqué le micmac de Lena dans son rétroviseur panoramique et s'autorise finalement à questionner si c'est un mari qu'elle va retrouver ou un contrôleur de la Sécurité sociale. Léna sourit, répond que c'est un peu les deux puisque c'est quelqu'un qui l'aime et qui aimerait contrôler ses nuits. Cette fois, un rire est parti de l'avant de la voiture et sans plus d'explication, un début de complicité s'annonce. Gestuelles : la conductrice se dandine en deux trois mouvements sur son siège et offre plus longuement son regard au rétroviseur, alors que Lena s'est penchée pour mieux saisir ce qui éventuellement sera dit. Complicité signifie échange. « Vous avez du temps ou vous êtes pressée, demande la conductrice... — J'ai un peu de temps, pourquoi ? — J'ai un colis à déposer gare du Nord, on va passer devant et comme vous êtes ma dernière course, je rentrerai illico sur Montrouge pour dormir un peu. Lena ne voit aucune objection et propose même de boire un café. — Je vous ferai cadeau d'une partie de la course, enchaîne la femme. Je m'appelle Sylvie et vous ? »

Le colis, une petite boîte en carton de la taille d'une balle de handball et empaquetée dans un papier à étoiles dorées sur fond bleu, est livré à un voyageur qui attend à quai, voie 12, à côté du composteur orange. Un homme d'une quarantaine d'années, le cheveu rare, vêtu d'une veste d'hiver en mohair.

Lena qui de la terrasse du café surveille la scène de loin, ne peut s'empêcher de rire lorsque Sylvie la rejoint...

— Et si c'était la tête d'un mort que tu avais transportée...

— Figure-toi que j'y ai pensé. Un mari jaloux qui renverrait la tête de son rival à celle qui l'a trompé...

— Ou alors la tête d'un trafiquant véreux qu'on expédie à Amsterdam en forme de représailles.

Elles rient comme deux copines qui s'inventent des histoires rocambolesques pour passer le temps, du bon temps à s'esclaffer de rien. Se moquer de l'humanité. Sylvie ajoute :

— Comme dans un polar, j'ai demandé : Monsieur Milovanof ? il m'a répondu *Elle est retrouvée, quoi ?*

— *L'éternité*, ai-je conclu. C'était le code. Tu as vu où il a filé ?

— Non, je commandais les cafés. Demain on va lire à la une du *Parisien*, macabre découverte gare du Nord, une tête d'homme a été retrouvée dans une consigne automatique...

Lena parle ensuite de ses nuits, de *Robe noire* et *Camion bleu*, de Luis qui ne peut la voir...

— Aujourd'hui, j'ai décidé de lui raconter qui je suis. De toute façon, je voulais arrêter. J'ai un peu d'argent pour voir venir. Lui, il écrit des romans sur une machine en braille. On s'aidera... Sylvie montre une photo de sa fille, une Armelle de treize ans.

— On vit toutes les deux à Montrouge, elle n'aime pas avouer à ses copines que je conduis un taxi, alors pour elles, je suis visiteuse médicale... Remarque, c'est ce que je faisais avant de me retrouver chômeuse.

— Moi pour Luis, j'étais infirmière de nuit. C'est fou comme la médecine rend service !

## 13

« On a vingt ans d'écart Lena et moi, dit Luis à Andrea, je ne suis pas fortuné. Beau ? Je ne sais plus, quelques rides doivent avoir envahi une partie de mon visage mais au moins, je ne me vois pas vieillir... C'est chez elle qu'il y a des zones d'ombre, horaires étonnants, des silences, ça me contrarie mais je ne m'en offusque pas, j'adore faire l'amour avec elle et je ne peux pas l'imaginer laide. Tout ce qui me parvient d'elle est bon, sa peau, son odeur, les formes de son corps... Parfois, je me demande si elle ne m'aimerait pas aussi parce que je ne la vois pas... »

Il en est là de ses réflexions lorsque Lena les rejoint en terrasse du *Déjazet*. Présentations, c'est la première fois qu'Andrea et elle se rencontrent. Elle est surprise et pense aussitôt à son maquillage, a-t-elle suffisamment gommé le rouge à lèvres, quels détails pourraient la dévoiler ? Elle surveille le regard d'Andrea. Aucune réaction particulière, sourire craquant, se dit-elle.

Elle se lève, se dirige vers les toilettes. J'irai faire mon test sida cet après-midi, songe-t-elle et aussitôt les résultats connus, si tout est en ordre, je larguerai mon lot de capotes, petite annonce : robe bleue vendrait préservatifs roses, toutes tailles, réduction aux collectivités et lycées, je dormirai avec Luis le plus de nuits possible, je trouverai un boulot d'hôtesse ou de serveuse, ou mieux j'écrirai un livre sur mes années de putanat à la Chapelle (la porte), j'ai en mémoire tous les coups foireux, comment se conduisent les mecs, insultes, la vie glauque des nuits sans fin, la peur, la baise pour le fric et rien d'autre, je vais mener une vie un peu transparente, dire à ma mère : je vis avec un homme qui a vingt ans de plus que moi, il a une pension, est aveugle... Elle va trouver ça répugnant, tout ce réel, si elle savait...

Andrea n'a pas été dupe des activités de Lena. Elle s'était illusionnée sur une possible inattention de sa part et devine, lorsqu'elle revient des toilettes, qu'*il sait.* Elle s'adresse à lui : « Ça vient de finir ! » Luis, qui ne peut comprendre : « Je me disais qu'au contraire, tout commençait... » Sur cette ultime incompréhension, elle l'embrasse, embrasse également Andrea, elle pense qu'elle vient de changer de peau, il suffisait de l'envisager et ne pas faire du monde un champ de bataille, pense-t-elle. Simplement vouloir être ce qu'on est et s'engager pour sa propre cause : Je m'appelle Lena, j'ai vingt-cinq ans, j'ai envie de n'avoir qu'un seul visage, celui qu'imagine Luis, c'est ce qui me ressemble. Maintenant.

Beaucoup de paroles, un vent d'été. Ils décident de ne pas se quitter comme ça, Lena lance, c'est moi qui invite et ils traversent le boulevard en courant, Luis entre eux, suspendu à leurs bras, pour s'engouffrer au *Clown Bar*, à côté du Cirque d'hiver.

Ils commandent un côte-rôtie, croquent des radis, se délectent de courgettes farcies, tout ce que j'aime, dit Andrea, fraises au sucre : Lena je voudrais t'entendre les écraser et que tu les mélanges avec de la crème, réclame Luis. Ils s'amusent du colis de Sylvie, c'est une bombe corse dit quelqu'un, tchétchène dit un autre, basque suggère Luis qui en profite pour parler de Sarre, son village...

Le café est amer, juste ce qu'il faut.

— Comment trouves-tu Lena ? demande soudain

Luis. Elle est brune n'est-ce pas ? Du moins, c'est ce qu'elle dit.

— Elle est brune et jolie.

— Et ses jambes ?

— Fines, élégantes. Elle porte bien les talons.

— Parle-moi de son allure lorsqu'elle marche.

— Gracieuse et glorieuse, les jambes restant droites, sans se plier.

— Et son sourire ? Il me manque.

— Des dents très blanches avec une bouche rosée.

En fait, la bouche de Lena est encore marquée par des traces de rouge à lèvres, mais Andrea se tait, leurs regards se croisent.

— Ses yeux, leurs couleurs et l'éclat. La vie qu'il y a en eux lorsqu'ils regardent ?

— Noirs, intenses et curieux.

— Une dernière chose, Andrea, elle te plaît ?

— Infiniment.

Ils rient et sont heureux de se sentir en proximité pour que l'écho des deux autres réponde présent à un bon mot, un éclat du troisième. Savent-ils, imaginent-ils que tous trois forment un bouquet de ville, un mouvement de couleurs, silhouettes changeantes, qui exhale une histoire, un embryon de tragédie — comme sait en faire naître le cœur de cette cité — où rien de maléfique ne viendrait, pour l'instant, planer au-dessus d'eux ?

# 14

Bien sûr, c'est dans les rues, avenues et impasses de Paris que se consigne le répertoire des récits et des romans. Il suffit de grimper les étages, de fréquenter les brasseries et les cafés, d'écouter aux portes ou de tendre l'oreille autour du zinc pour savoir les brassées de mots qui s'échangent et les légendes qui naissent dans ce lieu des multitudes. Confidences, discours solennels, tout bruisse et déclame, les bateaux-mouches actionnent les sirènes et les klaxons des voitures s'exclament pour une ruelle encombrée. Les casquettes et parkas, les tailleurs, escarpins, baskets, les costumes trois-pièces et tenues de jogging ornementent chaque jour les saynètes qui se déroulent dans cette enceinte. On se montre, on arbore, on toise et dévisage, la ville est une galerie où chacun expose sa vie. Paraître, disparaître. Les gens qui la peuplent vivent en petites unités, un village, une maison, un palier, roulent sur les quais, savent la file la plus rapide comme les endroits où se dissimulent les caméras de la vidéo-surveillance. Tous ont le point commun de se côtoyer sans se reconnaître, d'entrouvrir des portières de taxi pour joindre deux points éloignés, d'annoncer le nom d'un film à l'entrée d'un cinéma. Parisiens qui vivent le long d'un fleuve, au milieu de collines et de parcs peuplés de statues... Des provinces de France, des pays étrangers, chacun apporte ici ses émois, son espérance, comme des oboles offertes à une villeogre, carrefour de rébellions et d'émeutes, la cité née sur un îlet du fleuve. Amours-solitude, suicides-solitude, les maladies de la grande ville se requinquent aux fumées d'échappement, ça pleure et ça geint à toute heure, ça s'envole d'un vingtième étage ou d'une tour Eiffel pour un emploi refusé, pour un corps envolé lui aussi, ailleurs sur la terre, et que l'on n'étreint plus. Tout y est plus violent qu'ailleurs à cause du nombre et de la concentration, le ciel est absent, comme les champs, les lacs, les landes.

Les rues et avenues fourmillent de fragments qui vont s'emboîter les uns dans les autres pour devenir un conte issu d'un regard sur un quai de métro, dans un ascenseur de grand magasin, sur le parvis d'un Opéra. *Moi, cheveux noirs, vous, yeux rougis, aviez-vous pleuré, je vous ai regardée vous éloigner.* On danse, on chante et les caméras du cinéma mémorisent pour quelques siècles des détails épars, gros plans sur un banc de la place Dauphine, la plaque de la rue de la Tombe-Issoire, une table de bistrot au café *Danton*. Les électrons de hasard se côtoient, s'attirent, et lorsqu'ils s'imbriquent, c'est pour inventer les vers d'un poème, un chapitre, le roman de pierre et de sang à la gloire d'un amour et d'une ville.

*Sur la bouche tiède*
*du métro, ils dorment encastrés*
*pareils aux chiots nouveau-nés.*
*Ali, marchand de journaux*
*arpente les quartiers, Libé Libé*
*Le Monde... Ali venu d'Asie*
*du Pakistan vers la folle d'Occident*
*folle et fille aînée de l'Eglise.*
*Une mitraillette de sable fin*
*décrasse les murs gorgés de plomb,*
*la pierre de taille*
*des haussmanniens.*
*Cimetière du Montparnasse*
*les morts se meurent*

*de soif d'ennui,*
*Duras l'amante, Paris mon amour*
*danse, sarabande*
*au Verlaine's band.*

## 15

Une eau furieuse se rue sur le sirop de menthe au fond du verre soufflé. Virginie trempe une paille et aspire le liquide glacé. De la terrasse où elle se trouve, place d'Italie, elle tourne son visage vers la vitre de la brasserie. Elle se sourit, voit sa bouche, ses dents auxquelles viennent d'être retirées les barres chromées. Elle regarde cette béance et la déteste. Elle avait cru ses lèvres charnues, son sourire plus éclatant. C'est à une fille qui aurait grandi trop vite qu'elle ressemble, cheveux courts de collégienne, pommettes bombées et roses, et ce cou engoncé dans les épaules... Elle ne peut dérober ses yeux de l'image frêle que lui renvoie son reflet. Elle se redresse légèrement, vérifie qu'on ne l'a pas observée et songe aux jours prochains, aux secondes à venir quand les regards des garçons ne se fixeront sur rien lorsqu'ils la croiseront.

L'été, saison des sourires et des corps, quand tout doit exhaler le bien-être et le désir. *J'aime être frigorifiée,* songe-t-elle. Virginie se demande ce qu'elle fait en cette saison sur terre, alors qu'elle n'aime que les hivers, les manteaux, les cache-nez, la buée qui sort des bouches, les grogs et les cols qui remontent pour enserrer la nuque. Aucune envie de pleurer : s'évanouir du décor, fissa, en laissant une place vide.

# 16

« A présent, j'enregistre, dit le policier. Tu vas me raconter dans le détail ce que tu as dit tout à l'heure, je ferai un procès-verbal et la cassette deviendra un témoignage officiel, ce qui fait qu'au tribunal tu n'auras plus à répéter ce que tu vas dire dans ce bureau, à ma collègue et à moi. On est d'accord ?

La jeune fille fait signe que oui sans relever la tête.

— Tu vas me dire ton prénom, ton nom et ta date de naissance.

— Je m'appelle Michelle, avec deux l, Michelle Limosin, je suis née le 17 avril 1983 à Charleville.

— Ton adresse ?

— Cité de la Renaissance à Bagnolet, 93170.

— Pourquoi tu as attendu si longtemps pour venir nous voir ? demande la femme policier.

— J'osais pas à cause des représailles, ils ont dit...

— Qui ils ?

— L'aîné des Bartolone, et son frère, ils ont dit qu'ils blesseraient mon jeune frère Amédée avec un couteau.

— Tu peux nous dire maintenant comment ça s'est passé ?

— Eh bien...

— Prends ton temps, personne n'est pressé ici...

— Les frères Bartolone sont venus m'attendre à la sortie du centre commercial, près du périphérique, où je travaille et... Michelle se met à renifler. Elle cherche un mouchoir, s'essuie le nez puis les yeux.

Ils ont parlé de ma robe et du soleil. Ils disaient qu'ils voulaient boire de la bière avec moi dans un endroit sûr. Ils ont dit, t'aimes bien la bière hein Mimi, tu verras on s'est pas foutus de toi, c'est de l'irlandaise noire de Dublin... Avec ton doigt tu écris Mimi dans la mousse, tu bois d'un trait, et y a encore écrit Mimi au fond du verre. On a marché et ils ont encore parlé de ma robe, et du soleil et de la chaleur. Alors, le grand a voulu m'embrasser, je l'ai repoussé et il m'a traitée de petite pute capricieuse, ta robe c'est quoi alors, c'est pas une tenue pour une fille réglo, alors t'es une petite pute et nous on les aime ces filles-là... »

Cette fois, elle ne peut se contenir. Se laisse envahir par trop d'émotion retenue, elle pleure. Des sanglots, une quinte de hoquets. Elle fait signe d'arrêter la bande, la déposition, les procès, le magnétophone, les questions... Le policier insiste, il ne faut pas interrompre la procédure.

La femme-flic prend Michelle par les épaules et caresse ses cheveux.

## 17

J'ai écrit :

Quelle autre civilisation que la nôtre prit autant de plaisir à se briser, à faire souffrir les corps, à dévergonder les âmes, à scarifier les peaux, à se donner comme objectif un océan à traverser, des déserts, un Antarctique, à droguer les cellules imaginantes ? Nous savons provoquer les naissances, les interrompre, bientôt en trier la performance, mais nous avons peur de mourir. Une répulsion, comme si l'existence était notre bien de toute éternité. Nous divinisons le présent, nous adorons les mythologies du quotidien, celles qui nous entraînent à idolâtrer les étoiles filantes, brillantes et qui s'en vont mourir dans une apothéose de lumière. Notre monde vibre — une corde —, les mots, comme les idées résonnent entre elles, s'accordent, s'amplifient, se désunissent. Vitesse, temps réel, tout foisonne de partout dans l'unique but, non avoué, de tenter la disparition : ne plus être, s'anéantir, expérimenter encore et encore les corps, leur résistance, aller plus vite au bord du gouffre, l'admirer et comme si la terre avait cessé d'exister, s'y lancer pour savoir, une dernière fois, ce qu'est une fin en beauté.

Tant j'aime prendre mes rêves pour la réalité, je me suis concentré afin que mon cerveau m'injecte à haute dose des endorphines carabinées aptes à provoquer des hallucinations de premier choix. J'ai pensé à mon infime génome, à peine mieux fourni que celui d'une mouche drosophile, au réchauffement de la planète, à l'échappement des gaz toxiques dans l'atmosphère, au président américain, au protocole de Kyoto... J'ai songé à tout ce qui fâche afin que mon potentiel de rébellion me conduise à produire une image subliminale de paradis terrestre — une île Galapagos avant mazout — propre à effacer la déstructure ambiante. Mais rien, pas la moindre hallucination tordue, fugitive, aucun lagon turquoise en place de la Seine, pas la moindre tortue géante pour faire coin-coin à côté des canards du jardin du Luxembourg, pas même un aborigène australien pour présider le Conseil des ministres... Se rendre à l'évidence, je n'hallucinais pas à volonté et me sentais contraint, pour le moment, d'en rester à mes deux extravagances des derniers jours : une femme blonde et un désert.

« Vous faites une crise de réalité, mon vieux, répondit le docteur Chestonov à qui je m'étais plaint. Les écrivains sont tous les mêmes, vous n'avez de cesse que le monde que vous inventez remplace celui dans lequel vous vivez, et qui vous déçoit. C'est d'un puéril ! Les mots ne sont pas les choses et vous aurez beau proférer vos incantations, aucun miracle ne se produira selon vos souhaits. Le monde est rebelle et sans logique, n'obéit à aucune injonction des hommes, il est un monstre et nous ses valets. Vous ne croyez pas ?

— Non. »

# 18

Comment les hommes se disloquent-ils, se demande Andrea, pourquoi un jour se perdent-ils quand ils croient être arrivés en sécurité afin de souffler un peu, regarder le paysage et se dire le monde est beau, je fais partie de cet univers-là et je m'y sens bien ?

« On avait tout, l'amour, deux métiers passionnants, une petite fille adorable », dit Lorette. Andrea écoute la femme assise devant lui et qui n'a cessé de pleurer, depuis son arrivée rue Fillion, à côté du square des Batignolles. L'appartement est cossu, plancher, moulures, mais aucun meuble. Seuls des voilages s'agitent devant les fenêtres grandes ouvertes. « Là, il y avait un piano, là un canapé Brutelli, vous savez, ceux où on peut s'allonger à deux sur toute la longueur, là une table basse en verre, quatre fauteuils en cuir. Il a laissé intacte ma chambre, celle de notre fille Léa et la cuisine. Voilà, toutes les autres pièces ont été vidées. Il a profité d'un week-end où j'étais chez ma mère avec la petite, c'est fou... Et moi je deviens folle. Vous voyez, je ne prononce même plus son nom... J'avais conservé ses deux dents de sagesse dans une boîte à bijoux et regardez, j'ai fabriqué une poupée avec les dents en guise de collier autour d'un de ses slips, parce que c'est de là que tout est parti. Une petite gonzesse qui n'a même pas terminé ses études... La poupée, son slip chiffonné avec une pochette en soie parfumée d'Eau d'Hadrien, un parfum qu'on avait choisi ensemble et qu'il portait depuis notre rencontre, dix ans, vous vous rendez compte ? On a toujours vécu comme des amants et on allait se marier pour mon anniversaire en octobre prochain, je suis Balance, et plus rien, plus de mariage, plus de mari, plus de père pour Léa, plus d'homme au lit. Rien. J'ai collé sa photo et accroché les deux molaires avec un fil dentaire autour du cou de la poupée, regardez, c'est lui, et je perce à tout-va, je lance mes petites sagaies dans les orbites, dans le cœur, je transperce le slip. C'est fou... Je n'ai trouvé que ça pour me venger. La souffrance abêtit. Pareil pour la fille, avec tout ce que j'ai pu voler dans ses poches à lui quand il rentrait noyé de son parfum. Un bâton de rouge, je l'ai écrabouillé sur deux de ses lettres, une pochette d'allumettes de leur restaurant et sa photo d'identité qu'il avait dissimulée entre ses cartes de crédit... Je veux les détruire tous les deux, qu'ils ne puissent plus faire l'amour, ni parler, ni même pleurer. C'est pas vraiment catholique et romain ce que je vous raconte... »

Lorette se tait. Plus de larmes, un visage hagard qui se tourne vers une fenêtre, comme si de là on pouvait gagner un satellite. S'envoler et oublier. Les poupées sont restées sur ses genoux, deux pauvres jouets d'adultes enduits de rage. Andrea propose de les emporter et insiste sur le fait qu'il faut affronter la douleur autrement qu'en jouant les sorciers vaudous. « Parlez, épiez le monde et pas les gens, pensez à Léa et construisez autour d'elle un rempart de la juste émotion. » Il dut négocier un bon moment, exagérer son propre pouvoir puis, à bout d'arguments, invoquer l'eau bénite, les cierges et la qualité de ses prières...

Patient, il obtint gain de cause et Lorette lui remit les deux poupées qu'il jeta, aussitôt dans la rue, à l'intérieur de la première poubelle urbaine venue. Un petit coup sec claqua lorsque les dents de sagesse entrèrent en contact avec le métal.

Il se dirigea vers le square pour s'y recueillir.

# 19

Parfois, les événements s'enchaînent inconsidérément. Alors que tout son esprit est mobilisé par cette femme qu'il vient de quitter, que sa dévotion lui est consacrée, que des prières improvisées partent vers le ciel afin qu'une once d'énergie lui soit retournée et la réconforte, le portable d'Andrea sonne.

— Andrea, c'est Mathilde. Ta mère m'a donné ton numéro.

La tranquillité d'esprit dans laquelle il se trouve, à l'instant d'entendre cette voix jaillie du monde, l'aide à garder son calme. D'un minuscule téléphone, les mots de Mathilde ! Troublé, il sourit. Un pan de passé parle à l'intérieur de la fine électronique du portable, au travers du plastique et des composants.

— Tu es où ?

— A Paris pour quelques jours. Je répète au Théâtre de la Ville.

— Tu répètes...

— Un spectacle de danse, je fais une tournée en Europe avec une troupe allemande. Viens maintenant si tu peux, ça me ferait très plaisir de te voir.

Andrea se trouve près d'un parterre de pensées et d'œillets blancs. Il range le portable dans sa gaine de cuir et regarde des enfants jouer, suit des yeux une jeune femme qui lit en marchant un roman policier. L'étrange sentiment de savoir Mathilde dans un lieu de Paris après s'être si longtemps dissoute dans le monde... Elle se trouvait partout et nulle part, à présent elle est là, près de la Seine, sur la scène d'un théâtre du centre-ville en train de respirer, de vivre et de danser.

Il traverse les arrondissements. Le ciel est clair, sans nuages, d'un bleu parfait. A quelle genre de rencontre se rend-il ? Comme s'il s'agissait d'un rendez-vous avec un pape de passage ou un *casting director*, il se demande, non pas ce qu'il va ressentir, mais ce que l'autre va deviner d'une désinvolture mesurée. Comment va-t-il être observé, interprété, quel regard aura sur lui cette femme qui ne l'a pas vu depuis trois ans ? Tristesse, joie, un je ne sais quoi de mélancolie, surprise... Un T-shirt trop large aperçu dans le rétroviseur ne le rend guère séduisant. Arrivé devant l'Opéra (ACADÉMIE NATIONALE DE MUSIQUE — POÉSIE LYRIQUE — CHORÉGRAPHIE), il songe aux Grands Magasins (Lafayette et Printemps) nichés derrière et bifurque brusquement. Un quart d'heure, le temps d'essayer deux, trois chemisettes, d'en choisir une.

Arrivé au Théâtre de la Ville, il remarque le titre d'un spectacle, *Naissance*, le nom d'une troupe, *Berliner Theater.* Il n'éprouve aucune difficulté à entrer et gagner la grande salle. Musique avec rythmique et sonorités orientales. Dans la pénombre, il va s'asseoir au milieu des rangées en tournant le dos à la scène. Installé, il voit une dizaine de danseurs, garçons et filles habillés de collants blancs et noirs. Où est-elle cette femme qu'il vient retrouver ? Qu'il aurait dû marier avec Dieu pour épouser l'ensemble. La musique change de tempo, attente, les danseurs s'éloignent vers le fond puis disparaissent. Arrive un couple qui, à petits pas et de dos, vient jusqu'au devant de la scène. A la seconde, il sait que c'est elle, cheveux noirs relevés en chignon, une allure, la dégaine qu'il connaît. C'est elle. La femme. Un amour.

Lorsque les deux danseurs se retournent, lentement, il voit se découper dans la lumière le ventre arrondi de Mathilde, enceinte. Il songe à un postiche. Non, trop vulgaire.

Mathilde danse avec son enfant.

[illegible]

[illegible]

[illegible] Nous [illegible]

La [illegible] regarde [illegible] l'air [illegible] le mur [illegible] une fine [illegible] de mois [illegible] elle [illegible] dans son ventre.

[illegible]

# 20

Gauches et timides, Mathilde rit lorsqu'ils montent ensemble vers une loge, au-dessus des cintres. « Je voulais te faire la surprise. Quelle nouvelle, non ? » Andrea est troublé, incertain, questionneur. Heureux de partager avec elle ces retrouvailles et un enfant à naître. « Un garçon, il s'appellera Noé, tu aimes ? »

Il ne cesse de la respirer, de profiter d'une présence éclair, un corps qui se meut à ses côtés, comme si là était leur quotidien, marcher ensemble dans les coulisses d'un théâtre avant de se glisser dans celles d'une ville. « Le père de Noé est chorégraphe, le ballet a été écrit pour l'enfant — *Naissance* —, et sa mère enceinte danse sur la terre de notre monde, Andrea ! Noé se souviendra à jamais de mes hanches et de la musique, de nos tourbillons... »

Dans la loge, des fleurs, un bouquet de roses jaunes. « Je les ai réclamées quand tu m'as assurée de ta venue. Il fallait marquer cette rencontre de Noé avec Andrea. Nous, bien sûr. »

Leurs regards restent un instant l'un dans l'autre, le jour décline, ils dévident sans les dire une litanie de mots. Puis, elle désigne l'enfant dans son ventre :

— On ne se verra plus pendant longtemps, Andrea, j'aimerais que tu l'embrasses, que tu le bénisses et que tu l'emportes dans tes pensées.

Alors Andrea s'agenouille devant elle, tend ses

mains autour de la taille, pose le visage sur son ventre, et étreint la mère et l'enfant.

Il ne souhaite pas s'éterniser et aime l'idée d'en rester là.

Ils se quittent, un adieu, Mathilde est loin.

## 21

Entendre ses pas résonner sur le bitume d'une ville, écouter les claquements de verres aux terrasses, ouïr les prières que se font les jeunes amoureux qui s'embarquent pour des rendez-vous-discothèque, c'est l'envie express d'Andrea. Il a besoin de voix et de visages, de bouches et de gestes, et ne peut se contenter des décors décalés que lui apporte Paris lorsqu'il file sur un scooter. Il marche dans les rues et appelle Ismalia, veut lui dire que ce soir il aimerait dormir chez elle. Boîte vocale. Il raccroche. Pourtant c'est vers son quartier qu'il se dirige, parvis de l'Hôtel de Ville, rue de Rivoli, métro Saint-Paul, la Bastille.

Il marche en répétant à la manière d'un mantra bouddhiste, mon Dieu, mon Dieu, mon Dieu... Andrea se concentre sur la vibration que provoque le mot dans les cartilages du nez. *La table avec ses vases, l'autel des parfums...* Comme si un fantôme était à sa poursuite, il ne s'autorise aucun ralentissement, avance d'un pas rapide vers les environs d'Ismalia. Pourquoi elle et pas sa mère, ni Milos, ni son frère, ni Luis et Lena ? Ismalia pour sa fraîcheur, habituée aux désarrois, sa faculté rassurante de ne pas poser de questions.

## 22

Jérémie, amant éphémère d'Ismalia, la relance d'une manière inattendue. Comme les hommes qui s'adonnent au multiple féminin, il avait laissé filer le temps. Pour voir et savoir à quelle heure, quel jour, l'envie de renouer avec la fille tourmenterait son corps, il avait dessiné une sorte de trait invisible entre elle et lui, remettant une éventuelle entrevue entre les mains d'un désir réactivé par le temps, par le souvenir des plaisirs, au hasard d'un soir. Comme des gens sûrs d'eux sachant que l'un et l'autre n'ont fait qu'assouvir une passion passagère, ils n'avaient pas cru bon d'échanger des numéros de portable. Lorsque Jérémie songea à revoir Ismalia, c'est à l'appartement de l'impasse de la Main-d'Or qu'il se manifesta.

Assis sur le dernier palier devant la porte d'entrée, sont posés autour de lui un casque intégral de moto, un bouquet d'iris, une bouteille d'Absolut vodka — celle qu'avait aimée Ismalia l'autre soir —, et une carte de Paris dépliée sur laquelle il se penche. Il pointe certains lieux avec un feutre, sans cohérence apparente, des squares, des ponts, des rues, quais de gares... Il entoure certains noms et décide finalement d'ouvrir la bouteille.

— Voilà, ce sont les lieux où j'aimerais faire l'amour avec toi, où j'aimerais t'embrasser au moins une fois, dix fois, ça dépend...

Ce sont les mots que prononce Jérémie lorsque

Ismalia arrive à la hauteur du palier, son sac en bandoulière et un Poche à la main. Elle ne répond pas, prend la bouteille et les fleurs, entre chez elle. Elle pose ses affaires sur un guéridon de l'entrée, les cadeaux, et se retourne :

— Vas-y, je suis prête, emmène-moi pour une balade d'amour dans Paris.

La 750 Kawasaki emprunte les avenues, tourne autour des places illuminées, longe les quais. Ils se chuchotent des mots-radio au travers des casques, inutile de crier. Les décors de la ville défilent comme une série de pubs réussies. Jérémie n'a pas imaginé un seul instant que tout pourrait aller aussi vite. Il avait pensé marquer un point avec son histoire de lieux magiques... A présent, il improvise. Contempler un ciel immense, une ville comme une oasis en contrebas, Montmartre en haut des marches et Paris à leurs pieds... La Seine, les bateaux, la pointe d'une île, le Vert-Galant... Gare de Lyon, locomotives gris et bleu métal du TGV, ambiance des départs, haut-parleurs, tu m'as manqué...

— Tu veux du ciel, des rails ou de l'eau ? demande-t-il à Ismalia.

— De l'amour et des vagues.

## 23

La nuit comme toujours.

L'infinie quantité d'hallogènes, lampes tungstène et autres néons qui se branchent chaque soir pour raffiner le décor d'ombres et de taches ocrées sur la peau de Paris, vient d'entrer en action. Mille et un filaments incandescents, les gaz luminescents s'animent à brûler. Les dealers s'aèrent sur les trottoirs, les acheteurs se retrouvent par miracle dans les mêmes endroits que la veille, nombreux, allant pisser dans les cages d'ascenseur, abandonnant là seringues et cuillers, des camping-gaz, pendant que Police Secours croule sous les plaintes des habitants du quartier. Une autre faune se maquille, se transforme, troque des habits de jour pour des costumes de Luna-Park, passementés de paillettes argent et or, ses aficionados se glissent dans des voitures, filent vers les micro-mondes où ils pourront rire et asséner le même éternel humour, de soir en soir. Petites frappes de l'étreinte, ils travestissent leur corps et la voix, le poil et le désir, s'emparent de la nuit comme des Rimbaud de ruisseau. Ailleurs, des petits marquis, eux, téléphonent au *réseau*, se donnent rendez-vous dans des restaurants remarquables où s'affûtent cynisme et cruauté, prêts à distribuer les bons et mauvais points, redéfinir la *liste* du fréquentable et de la dernière extravagance parisienne. Entre chaque mot, ils ont le temps parfois de mesurer le vide sidéral collé à leurs basques, un précipice qui les suit jusque dans les lits de femmes à qui cette fois ils n'ont rien à déclarer, les honorant d'un silence tout aussi méprisant que les paroles qui le précédaient. Faunes et sectes, cabinets et chapelles, cercles et prés carrés se faufilent dans les interstices de l'ombre, s'exhibent comme les acteurs, se reconnaissent *ausweis* à la main, et adoubent le nouvel arrivant impatient d'en être. Les taxi-drivers sillonnent les rues et ruelles, les SOS Médecins sortent le gyrophare de leurs boîtes à gants, les brasseurs débitent les fûts de bière livrés le matin même dans un fracas de tonneaux d'étain jetés sur le trottoir.

La nuit caresse et envenime les corps qu'elle agrippe, leur distille insouciance et désirs, hargne et désinvolture alors que les *dames-d'onze-heures* se referment, réglées comme elles sont sur le soleil et la lumière, programmées pour se flétrir quand tintent les crépuscules.

# 24

Une fois seule, dans la pénombre de Paris retrouvé, Mathilde lance un message sans écriture ni téléphone, un chant confié aux murs d'une loge de théâtre, anonyme, le lieu de personne, murmuré à la fontaine du Châtelet, au bas de sa fenêtre.

« Andrea, pendant ces années, j'ai cru que les distances éloignaient les cœurs comme elles savaient le faire des corps, que le monde nous absorberait chacun dans une de ses bouches pour digérer nos rêves comme il en use des utopies et des révolutions, j'ai pensé me préserver du souci de toi, de l'amertume aussi de ne pas avoir pu annoncer au reste de l'humanité, aux étoiles et aux forêts, que Mathilde et Andrea s'aimaient, qu'un couple nouveau marchait sur les voies express, les autoroutes et les sentiers de longue randonnée, s'escortant mutuellement, mains mêlées, comme leurs âmes et leurs projets, surfant ensemble sur les aspérités de l'existence, résistants, forts d'être deux, nous, c'est-à-dire : un monde où rien ne manque. »

Mathilde pose les mains sur son ventre. Elle n'est plus seule, une vie s'est mêlée depuis six mois à la sienne. Elle vient de dire adieu à Andrea, adieu à la nuit de Nancy, adieu à Mathilde première manière, une période qui va s'estomper et mourir.

Comme à chaque fois, on se quitte pour une autre vie à vivre, dans un corps, toujours le même, éternel témoin des épisodes.

[illegible]

quelle [illegible] qu'elle est

# 25

Avant qu'ils n'aillent retirer à la frontière d'un lit leurs vêtements, bras levés pour la robe, à cloche-pied pour le pantalon, Ismalia et Jérémie de retour, tournent plusieurs fois autour du Génie de la Bastille, pour le plaisir d'attendre et de se dire encore les mots des prémices, ce qui fait mouiller, bander, érectiler des corps... Collés l'un à l'autre sur la moto, caresses par radio avec des mots à faire dresser les étoffes. Flirt qui suinte l'orage, cette nuit, toute la nuit, avec toi, dans toi, baiser, lèvres, humide, mouillé, raide, encore, cul, jouir, splaoutch, plein la bouche, sur les fesses, tu crois qu'on s'aime...

« J'ai trop de mecs ce soir », murmure Ismalia lorsqu'elle aperçoit Andrea assis, penaud, sur son palier. Pénurie et excédent, les jours se suivent... Présentations rapides, l'orage éclate, tonnerre, éclairs, ils rentrent en vitesse comme si la pluie allait leur fracasser les épaules. Absolut vodka mon amour, ils boivent à tout-va. Chacun ses raisons.

« Nous, on avait une envie à mourir de faire l'amour, tout de suite, à l'instant, et tu es là, dit Jérémie, mais on s'en fout, la vie est grande, généreuse, alors on te souhaite la bienvenue Andrea ! Parlons, faisons la guerre et l'amour à trois, le monde se meurt et nous on a envie de naître... Tu veux que je te dise, Ismalia a un cul magnifique, c'est lui qui m'a donné envie de la revoir, mais c'est elle tout entière que je vais serrer dans mes bras parce qu'elle est mille fois plus belle que son cul... Les femmes en kit nous font fantasmer, les seins, les sexes, les fesses, les yeux, les jambes, l'intérieur des cuisses, tout ça nous met des scorpions dans le cerveau, mais dans la vie c'est les femmes au grand complet qu'on a envie d'étreindre, avec leur air de toujours venir de si loin, les serrer à mourir... Ce mystère-là, un délice de l'extrême, piment et cardamome, ça pique et c'est parfumé... »

*L'amour est un orient*
*Un chaos*
*Le désir d'être plus beau*
*Et aussi d'être ailleurs qu'à l'intérieur*
*Sortir de sa vie*
*Ruer vers l'infini*
*En quête de soi*
*En quête d'une loi*
*Comme Marco de Venise sur la Route de la soie...*

Il allume une énième cigarette, se verse un verre de vodka. « Finalement on est là à se regarder, prenons un bain d'acide, que la nuit nous serve à nous rendre boxeurs et innocents, dis-moi ce qu'est la foi petit prêtre, je t'offrirai un discours d'agnosticisme, dis-moi ce qu'est l'amour et je t'annoncerai qu'un jour nous n'aurons besoin que de contrats. Dis ce que tu veux, je m'en fous...

— Je suis heureux d'être avec vous, coupe Andrea. Jérémie, tu as raison, peut-être qu'un jour les gens ne se toucheront plus et échangeront des sentiments au moyen d'images achetées avec une carte de crédit. Moi, je voudrais que notre monde continue encore un peu, qu'il y ait du sacré qui plane au-dessus des corps, comme un ange exigeant, et que l'on s'agenouille devant une femme pour lui avouer sa passion, que l'on sache offrir sa vie pour quelque chose qui dépasse l'entendement. On est tant imbibé de cynisme ambiant que rien n'a d'importance, pas plus un génocide que l'éruption d'un volcan... »

Absolut Vodka fait son effet et Jérémie, comme s'il avait été contraint par un interrogatoire musclé, craque autour de trois heures du matin : « Je peux t'avouer qu'il y a bien vingt ans que je ne me suis pas confessé et là j'ai une envie aiguë d'avouer que j'ai une frousse terrible des engagements, que promettre à une femme m'est une épreuve douloureuse... Je joue les affranchis, mais je me soumets. J'ai peur de la glauquerie du monde, des maladies, des lames de couteau, j'ai peur d'être vieux à toute vitesse... J'aime jouer les bravaches, faire croire que je délire, qu'aucune expérience ne me rebute et quand tu me vois avec mes cheveux ras, mon anneau à l'oreille, ma moto, mon air dégagé auprès des filles tu te dis, il est à l'aise ce type, il n'a peur de rien... En fait, je suis un soumis de première et comme les rôles de l'époque sont commodes à endosser je me glisse dans la peau des transparents, mecs dociles et surtout pas rebelles... »

Il prend la fille par la taille, lui caresse les seins sous le regard d'Andrea. « Je parle, j'ai bu et je suis fatigué. Tout à l'heure, j'ai fanfaronné Andrea, pardonne, tu sais faire ça, toi. »

Comment savoir depuis quand Ismalia pleurait ?

[illegible]

[illegible] photos de la Wuolo. Aguirre regarde des ombres qu'il ne connaît pas et se tourmente. Quelle naïveté ! songe-t-il. Ne pas retrouver les taches de lumière de sa propre maison, la lueur rouge du feu [illegible] de l'enfance qui resurgit distribuant aux points fragiles du corps, le cœur et l'estomac, de minuscules

# 26

La ligne de partage des destins est une péripétie cruelle qui nourrit les regrets. Rétrospectivement, il y a un avant, il y a un après. Il y avait gauche, il y eut droite. Il y a ce qui aurait dû être et ce qui fut. Il y a eu le trop tôt et survint le trop tard... Exercice vain, on n'en finirait pas d'ausculter nos présents au regard des éventualités passées... Pourtant elle existe cette ligne invisible lorsqu'un pan de vie, une vie tout entière se sont décidés à cause d'une petite lâcheté, d'un oubli, une négligence. Pour une vague promesse ou un pacte qui semblaient représenter le sommet de la droiture et de l'engagement, des existences se mettent à voguer dans des eaux hostiles, des marigots détestables pour finir enlisées dans le doute et la contrefaçon.

Extinction des feux vers quatre heures, les amoureux ont batifolé puis Jérémie s'en est allé.

Allongé dans la chambre aux malles et aux albums photos de la Witold, Andrea regarde des ombres qu'il ne connaît pas et se tourmente. Quelle fragilité ! songe-t-il. Ne pas retrouver les taches de lumière de sa propre maison, la lueur rouge du bouton veille du téléviseur, la percée des étoiles à travers le rai d'un volet et voilà que l'inquiétude redouble, une solitude de l'enfance qui resurgit, distribuant aux points fragiles du corps, le cœur et l'estomac, de minuscules douleurs qui anéantissent toute réconciliation avec la nuit.

« Tu dors, demande Ismalia. — Non. — Je peux venir ? — Oui. Elle se faufile à côté d'Andrea resté habillé sur le lit. — Je voudrais dormir près de toi, Andrea, juste comme un animal qui respire et qui rêve... Elle ajoute, moi aussi j'aimerais qu'on s'agenouille pour me parler d'amour, qu'on m'écrive de jolies lettres, que l'on me parle de temps à passer, à espérer, à se maudire, à fabriquer une histoire remplie à ras bord de réalité, avec des rires et des enfants, avec la joie et les jalousies, un monde où l'on ne se trahit pas, j'aimerais un amour qui me parle de moi... »

Comment penser à quelqu'un qui n'existe pas encore ? se demande Andrea qui essaie d'imaginer Noé, lové à l'intérieur d'un ventre de femme.

# VII
# Canicule

# 1

« On ne manque de rien, sauf d'argent. Je veux dire qu'il y a l'amour, on s'entend bien et le bébé est beau, sans maladie. A cause de l'argent, je n'ose plus aller au supermarché, je volerais ou je ferais une crise à hurler. Ici, il y a pas trop de dégradations, on est bordure, mais je n'ose plus aller voir ma sœur à trois cents mètres vers l'extérieur, ils disent sur le chemin — excusez-moi, mon père —, "j'ai jamais été sucé par une chinetoque !" Alors, je reste ici, je vais à la messe le matin chez vous, ça me fait du bien de prier sur place, de me dire que je ne suis pas toute seule dans le vide. »

C'est ce que raconte la femme du cinquième, madame Li, qui préfère se confesser avant que les autres femmes n'apparaissent sur le palier.

Dix-huitième étage. Andrea porte les osties du jour — interfaces hommes / Dieu — à hauteur des visages de trois jeunes Asiatiques venues assister à la messe. Elles prient dans leur langue d'origine. Auparavant, Andrea a invoqué le Christ, en silence, selon le rituel, se laissant le temps de mesurer chaque mot, pour lui, en lui... *Fais que je demeure fidèle à tes commandements et que jamais je ne sois séparé de toi...*

*

* *

Melchior plonge dans les vagues artificielles d'une

piscine bleue. Pendant la poignée de secondes où il se retrouve sous l'eau, se fige dans son esprit un souvenir d'enfance, instant de plaisir intense, le bruit des rayons d'une bicyclette lorsqu'il descendait en roue libre la vicinale d'un village, celui de sa grand-mère maternelle, dans les Vosges. Un bruit qui chante, un paysage brumeux du matin, le vert des prairies et quelques bouquets d'arbres mêlés à des noisetiers. La tête hors de l'eau, la vision s'efface et ses oreilles se bouchent. Il passe la main dans ses cheveux, les ramène en arrière et aperçoit Guillaume, son partenaire de *Search et Recherche*, déjà sorti du bain.

Un matin sur deux, ils se retrouvent dans l'arène du squash, à courir, suer, éructer — houtch, ahhhh, heuch, onomatopées de l'effort — pour ensuite se détendre dans l'eau avant un ultime massage réconfort. Corps délestés du stress de la veille, prêts à se charger du stress du jour, ils traquent le savoir et la compétence, achètent la matière grise, parient à court et moyen terme sur les fabricants d'inédit, spéculent enfin sur des projets innovants que des chercheurs isolés n'auraient pas, sans eux, les moyens de mettre en marché. Chez *Search et Recherche*, ils se considèrent comme des prospecteurs de savoirs, ceux qui innovent dans les technologies de la biologie et de la médecine, ce qui concerne le corps, son bien-être comme ses transformations.

Ils ont conscience de faire partie du club restreint de ceux qui accordent du temps à leur santé, manucure, massage, sport, qui possèdent un agenda multisecteurs : un pour le sexe, un autre pour l'amour, un autre encore pour le travail, qui ont tout loisir d'offrir de précieux instants aux rencontres d'exception, du temps encore afin que les idées déraisonnables s'expriment, de s'enivrer et jouer avec elles, puis de les promulguer lois locales à vocation internationale. Ils se grisent de pouvoir s'extraire de leurs strictes dimensions pour dialoguer avec les continents, manier quelques langues, de quoi remplir trois lignes sur un e-mail et donner un avis qui s'envolera en satellite, pour Rio, Tokyo ou Melbourne. La planète a tissé un réseau autour d'eux afin qu'ils s'y déploient en toute aise, qu'ils roulent virtuellement des épaules et que leurs rêves y tracent des fulgurances... Leurs mots, les images qui s'affichent sur les écrans de leurs ordinateurs sont des icônes que des milliers de personnes peuvent consulter simultanément pour en tirer aussi vite que possible une réponse pertinente ou un prolongement prometteur. Ivres d'ubiquité et de vitesse, ils se savent reliés au *continent des esprits*, là où habitent ceux qui leur ressemblent et qui vont, tout comme eux, prospecter, décider, évoluer sur l'immense terrain de jeu qu'est le maillage mondial.

« Cette nuit, je suis allé dans un bar d'un genre nouveau, l'*Onano-Bar*, je te raconterai plus tard. En rentrant, j'ai quand même travaillé et j'ai lu le dossier d'Eduardo Kac, le plasticien, sur la phosphorescence. Une protéine bioluminescente verte est produite par une méduse de l'Atlantique. Des scientifiques ont isolé la séquence du gène qui code la protéine. Ça veut dire qu'on peut introduire cette séquence dans un génome de chien, de chat, de souris et les rendre phosphorescents. Tu imagines le succès... Achetez un chien lumineux, il vous servira de lampe de chevet, de veilleuse, vous ne le perdrez plus dans la nuit... Les gosses vont adorer !

— Je n'aime pas cette idée, les animaux sont à notre merci, ils ne sont maîtres de rien, c'est à nous de leur apporter protection, répond Guillaume.

— Plus sérieusement, enchaîne Melchior, revenons aux humains qui eux, n'ont besoin que d'ersatz d'éternité... J'ai travaillé sur la médecine régénérative, ça peut être opérationnel dans les quatre ou cinq ans, c'est long mais ça intéressera le monde entier puisqu'il s'agira de prolonger la vie en régénérant les corps avec des cellules neuves. En somme, remettre à l'heure nos horloges génétiques. On en parle en réunion. Et toi...

— J'ai navigué dans l'infiniment petit, chez les *nanos*, ces minuscules bulldozers à échelle atomique que l'on pourra glisser dans les artères et les vaisseaux du cerveau, et qui iront faire de menus travaux de récurage et de déblaiement là ou on leur dira... Seule crainte, puisqu'ils seront organiques : qu'ils se reproduisent à l'infini et nous détruisent. J'ai aussi imaginé qu'il y avait peut-être un gène de la passion niché au fin fond du génome et que celui qui le localisera aura décroché le gros lot... Bonjour, je viens vous proposer un petit bricolage génétique qui va vous rendre fou d'amour...

— Pour qui ?

— Peu importe. Fou d'amour, ça suffit ! »

Sortis de l'eau, ils se sèchent et poursuivent la conversation sur deux tables de massage disposées côte à côte. Guillaume et Melchior, des cadors.

## 2

Tant que les gens ne sont pas morts, comment s'assurer qu'ils sont vivants ? Etre vivant : *accepter* des mondes contradictoires et faire en sorte que ne croissent pas ceux qui trahissent les principes impérieux d'une jeunesse. Ces rêves-là ! Même si le temps et la réalité se sont chargés de rendre inespérables quelques idées simples : y rester attaché, dévot et fervent. *Le matériau de ses remparts était de jaspe...* Les poètes ont des états d'âme et les marchands, des âmes en état de triompher, quels que soient les mondes en train de naître, puisqu'ils savent que ce seront là leurs terrains de chasse, avec ou sans vertu, avec ou sans bonheur, pour leurs exécutants planétaires.

Certains observent les mondes nouveaux en prédateurs, pressés d'y découvrir ce qui va en sourdre de marchandable. D'autres le regardent et tentent d'y repérer ce qui rend actuelle l'archaïque et ancienne histoire humaine. Certains sont à l'affût d'objets, d'autres scrutent les rêves.

J'ai écrit : depuis la bactérie jusqu'à la reproduction sexuée, le vivant n'a cessé de se diversifier, de s'adapter, a réagi aux grêles, au gel, au déluge, a inventé des codes pour communiquer, des vaisseaux pour voyager, a pillé la nature, brimé les animaux jusqu'à les réduire en esclavage de masse dans les élevages en batterie, a inventé les images qui voyagent, les satellites, a conquis les forêts, les océans, la banquise, sans jamais parvenir à demeurer en paix avec son désir. La guerre est au cœur de toute vie.

3

Contrairement à ses habitudes, Andrea n'est pas allé directement sonner à la porte de Milos.

Il a hésité, tourné et est entré dans un café au coin de la rue. Se terrer, rester coi, en retrait de la parole. Après un premier moment de frilosité, il sait à présent que la rencontre avec Mathilde marque la fin d'un cycle, celui de *l'insouciance de soi*. Qu'a-t-il fait de ce temps où elle fut absente ? Ecouter, aller d'une âme à l'autre, penser à ceux dont il partageait un don : l'offrande réciproque de la parole, de l'écoute et de l'absolution. J'ai aidé de mon mieux les gens en les écoutant... Maîtrisent-ils mieux l'infime morceau de monde dont ils sont locataires ? Ai-je infléchi en quoi que ce soit leurs vies ? J'ai butiné, en infirmier consciencieux, des paroles qui de toute façon auraient été dites à des amis de passage, devant un verre, à des inconnus. J'ai cru que ce travail d'attention et de compassion dispenserait ceux qui me parlaient d'une part de leur fardeau, qu'ils se trouveraient allégés de mots et turpitudes, qu'ils parviendraient à s'envoler vers plus de légèreté, plus de grâce, qu'ils libéreraient les ressources pour écouter à leur tour les autres et découvrir en eux-mêmes ce qu'ils recelaient de plus beau et de plus inventif pour habiter la cité des hommes. Il n'en a rien été. J'ai donné de mon temps pour dénouer quelques petits nœuds d'existence sans me soucier de ce qu'ils dissimulaient. Face à des continents inconnus, je n'ai fait qu'arpenter les sentiers et chemins, sans partir à la conquête de ce qui gronde, de ce qui coule et s'enfuit du corps des femmes, les sources. Confronté à ces territoires inconnus, je ne suis pas allé m'enquérir des laves intérieures, de ce qui sourd pour fonder une parole... Je fus arpenteur d'âmes alors que tout aurait dû me conduire à en être l'archéologue.

## 4

« Rions, buvons, diffamons, ne nous laissons pas empêtrer par la morosité de jours sans lendemain... Moi, tu le sais depuis notre première rencontre, je ne suis pas croyant, lance Milos à Andrea, mais Dieu ou pas Dieu, nous sommes nés des étoiles et le temps des hommes se termine. Nous nous sommes rebellés devant les atrocités, mais il semble inéluctable que nous devenions orphelins de ce que nous étions. Orphelins, cela veut dire ne plus avoir d'ancêtres, adieu les héritages, être seuls face à nos travers étriqués, face à un devenir improbable, différents, spectateurs. Regardons les choses se défaire et réjouissons-nous. Pour une fois, la Révolution ne sera pas sanguinaire. Elle sera consentie, faute d'enthousiasme. »

Milos prépare un petit déjeuner avec corn-flakes, Ricoré, thé Oolong fleur d'oranger, confitures de pastèques et poire-vanille en provenance directe du potager royal de Versailles. Il fait toaster deux tranches de pain et s'en va se lover dans un fauteuil de cuir rouge.

« On n'en finit jamais avec l'inquiétude, elle renaît chaque matin, dit Milos, le monde ne s'épuise pas des querelles ni des désirs. Est-ce que tu sais cela toi, petit prêtre en civil au visage incandescent ? Qu'est-ce que tu connais de la jalousie, de l'inconfort d'aimer, des trahisons... Je te confie quelques nauséabonds travers parce que je t'imagine tourmenté tout comme moi, comme chacun de nous par notre tribut existentiel, cette charge de plomb qui nous assène plus la résignation que la conquête. Nous nous battons contre notre paresse, notre insignifiance, notre fatigue pour qu'un semblant de sens émerge du désordre. Pardon, je voulais dire : désastre... »

Le toaster rejette ses tranches grillées, Milos se lève et sert le thé. La maison du peintre semble un paquebot éloigné de tout continent... Il poursuit, « je suis un vieil homme aux neurones fatigués et je vois bien que la tendance est à l'abdication généralisée. Je t'aime infiniment Andrea, tu es beau, tu as la jeunesse pour toi et je me demande ce qui te pousse à fréquenter tant de paumés, vieux comme moi, jeunes, des hallucinés, des inaboutis caractériels, des exilés, alors que chacun a mis ses espoirs sous son mouchoir et se shoote à l'inessentiel comme pour oublier qu'il y eut un jour des projets, le désir viscéral qu'un monde soit conforme à un rêve.

Ce temps est révolu, je sais... Mais pourquoi les *anges* comme toi viennent-ils distiller l'illusion qu'un monde périmé perdure et dont il faudrait protéger les vestiges ? C'est ton ministère et ton énigme, Andrea... Et j'en reviens à ma phrase du début : on n'en finit pas avec l'inquiétude. »

Andrea, que Milos n'a pas laissé parler depuis son arrivée, boit une gorgée de Oolong, tartine une tranche de pain avec une confiture à la pastèque qu'il trouve doucement sucrée.

« J'ai le sentiment de m'être fourvoyé, Milos.

— Je sais. Tu t'es trompé sur l'essentiel, l'amour. Mais il n'est pas trop tard. Tu as cru servir Dieu en aimant les humains et te dispenser d'en aimer un seul. Je trouve cela terriblement présomptueux. Je le dis comme je le pense... Prétentieux ! C'est se mettre au-dessus de la loi des corps. Les chrétiens adorent les ressusciter, mais acceptent peu de les entendre jouir d'exister. Corps célestes, corps déchirés, corps amoureux, ce sont eux qui ont toujours inventé les paroles du monde. Ni calculateurs ni raisonneurs, ils ne savent que souffrir et aimer... L'art est né de cette chair folle d'amour et de mélancolie... »

Milos se tait un court moment, s'essuie le front avec un mouchoir blanc brodé qu'il replie tranquillement en carré. « Pourtant tu fus innovant, Andrea... Venir à domicile écouter la parole des misères est une œuvre. Le psychanalyste a disposé d'un divan, et toi d'un scooter. C'est un saut technologique considérable... »

Il rit.

— J'aimerais te poser une question, dit Andrea après avoir vainement essayé de sourire : depuis nos séances-confessions, y aurait-il une chose importante que tu ne m'aies jamais dite ou que tu n'aurais pas voulu me dire ?

Milos mastique un toast et laisse filer le temps.

— Sans doute, sans doute, répond-il sans précipitation.

— Comment sans doute ? Je croyais que tu avais besoin, chaque matin, de te retrouver immaculé pour affronter les toiles blanches...

— J'ai l'impression qu'on transporte toute sa vie un petit arpent de secrets auquel on s'est tellement accommodé pour respirer, qu'on finit par l'oublier à la cave ou au grenier. Ainsi tout va pour le mieux, on avance dans nos tenues camouflées, sans se souvenir de quoi un jour on fut habillé.

Délicat silence.

Milos poursuit : « Pourtant, avant de mourir, il faut bien l'énoncer cette brèche, pas pour le bien que cela procure, mais pour la voir s'ouvrir et apprendre à finir sa vie avec elle, dans la lumière. Essayer de faire connaissance avec qui on fut... Mais assez pour aujourd'hui, demain si tu veux... Je vais m'y préparer. »

Milos s'en va sous la verrière regarder la lumière venue du cœur du soleil.

Le temps est chaud comme un sahara, une matinée de juin sous perfusion.

**Les Anges.**

Les hommes étaient des messagers pour les autres hommes, ils parlaient et échangeaient, ils informaient de ce qu'ils savaient, nommaient les étoiles et les figures du ciel, disaient aux enfants, aux vieillards, nous vous aimons et vous aiderons à vivre en vous enseignant comment guérir les maladies, en écoutant et transcrivant ce que disent vos cris et vos paroles. Nous vous apprendrons comment devenir *l'ami du monde* pour ne pas y être un étranger, comment le rêver, le sillonner, en avoir l'usage. Ces anges répandaient la parole comme un pollen à tout vent, pour que se transmettent les histoires apprises des parents, apprises des voisins, du reflux de la mer et du flux, les histoires et légendes des villes, des campagnes lorsque la nuit distribue à chacun sa solitude, la peur et l'effroi, qu'elle redouble le sentiment connu de tous, l'inquiétude.

*Voici que j'envoie un ange devant toi pour te garder dans le chemin et pour te faire arriver au lieu que j'ai préparé* (Exode XXIII).

Qui sera délégué à l'inventaire de l'état des choses ? D'où parlera-t-il ? A quelle hauteur se placera sa voix pour être entendue, comprise et acceptée ? Qui pourra *préparer le lieu,* c'est-à-dire offrir sens et dignité à nos quotidiens encombrés d'hébétude, de K.-O., de défaites afin que chacun *arrive* là où il saura être à sa place ?

Les anges meurent de n'avoir rien à transmettre, sans mission, ils se taisent, restent cois et dépérissent. Les seuls messages qui nous parviennent, nous arrivent de toute part énervés et scintillants à l'intérieur des écrans. Sur les ailes de satellites, ils baguenaudent, glosent, rient aux éclats devant nos yeux qui s'écarquillent d'étonnement : l'enchantement des effrois.

vous avait durcie par [illegible] s'infiltrant à l'intérieur [illegible] serpente sur le [illegible] le [illegible] pas [illegible] gardent [illegible] yeux qui [illegible] d'un [illegible] ment les cercles.

5

Canicule sur la ville.

Comme s'il se traitait une indélicatesse dans le monde, les citadins marchent plus rigides qu'à l'accoutumée, épaules droites, le pas s'allège en porte le poids d'une attitude imposable. Les guitares électriques se font muettes. On en est à Mozart et à sa perfection lactée qui tapisse les murs du chœur des églises. La chaleur est un étalement d'écorce, un brouillard qui émet des vapeurs au-dessus d'un macadam fondant, caramel, sur lequel le dessin des pneus imprime une marque de fabrique. Les beurres envahissent l'atmosphère pour s'y solider plus lentement et s'y [illegible] et passent leurs volutes de secondes sur les pierres brûlantes des édifices.

Moiteur, perles de sueur, gorges sèches, la canicule a posé ses tentacules sur la ville et impose le diktat de la torpeur. Gestes [illegible]. Respirations contenues. On vit à l'économie. Brûlants les [illegible], [illegible] les entrailles, amollis les désirs. Chape absolue qui enferme au [illegible] la carcasse [illegible] asséché les rues et rivières afin que le minéral, [illegible] et caillasse, s'installe à son aise. Sans pitié — conquérants de décibels — à l'assaut les [illegible] les sons eux aussi se replient. Ils [illegible] les corps grésillent et [illegible] les peaux couvertes de sueur [illegible] les [illegible] où la lumière [illegible].

## 5

Canicule sur la ville.

Comme s'il se tramait une indélicatesse dans le monde, les citadins marchent plus rigides qu'à l'accoutumée, épaules droites, le pas rectiligne, on porte le poids d'une fatalité impensable. Les guitares électriques se sont tues, on en est à Mozart et à sa perfection tendue qui tapisse les murs et le chœur des églises. La chaleur est un craquement d'écorce, un brouillard qui émet des vagues au-dessus d'un macadam fondant, caramel, sur lequel le dessin des pneus imprime une marque de fabrique. Les heures envahissent l'atmosphère pour s'y dévider plus lentement, s'épaississent et posent leurs volutes de secondes sur les pierres brûlantes des édifices.

Moiteur, perles de sueur, gorges sèches, la canicule a posé ses tentacules sur la ville et imposé le diktat de la rareté. Gestes mesurés. Respirations contenues. On vit à l'économie. Brûlants les crânes, suants les entrejambes, émolliés les désirs. Chape absolue qui enferme un territoire, la canicule assèche les rus et rivières afin que le minéral, galets et caillasse, s'installe à son aise. Sans partir — conquérants de décibels — à l'assaut des ouïes, les sons eux aussi se replient. Ils flirtent avec les corps, grésillent et crépitent ; suaves, ils frôlent les peaux couvertes de sueur, perles éphémères où la lumière implose.

Alors que les pensées se tapissent de névé et de cristaux glacés, chacun marche comme un voleur d'ombre, en rasant des murs sans soleil.

# 6

« Vous dire, vous dire que vous avez un regard qui entre dans les yeux des gens, juste à l'instant où on vous croise... Habité, on dit ? » Andrea sourit à la femme, rien à répondre, un compliment de rue, elle s'éloigne avec deux enfants en salopette vers l'entrée d'un Monoprix.

Que confier à Luis à propos de Lena ? Se taire et laisser faire le hasard des odeurs et des dentelles. Divination tactile. Andrea regarde distraitement un groupe de pompiers qui arrosent de leur lance à incendie des mobile homes de forains — alignés en plein soleil — près des manèges de l'avenue Ledru-Rollin.

Deux vieilles femmes sont embarquées sur une civière.

Goût à rien. Vagabonder dans Paris sans but, marcher, lorgner les vitrines, boire un Perrier-rondelle, diabolo-menthe, re-Perrier-rondelle, le corps est un gouffre à liquide. Ce soir de canicule, Andrea a rendez-vous avec Frédéric près du canal Saint-Martin. Mon frère, mon aîné, celui qui entrevoit la petite fêlure où engouffrer dollars et euros... Lui qui jongle avec le futur, sûr de lui et conquérant des silences d'une planète où seront absents les ignorants. Que m'annoncera Milos Kenok demain matin ? Quelle abomination ou trahison ? Temps de guerre sans doute, ces jours où l'artillerie a broyé les muscles et les idées quand tout se revisitait sous l'angle du mal. N'annoncer que les renoncements.

Curieux *métier* que le mien, se dit Andrea : bonjour, je suis artisan confesseur, représentant de commerce en Dieu, je me nourris de bouches, béances ouvertes sur la voix des maux de l'esprit. Absorbeur de profondeurs, je recueille ce qui n'est rempli par rien.

Climatisation des salles de cinéma... Désir de froid, mais quoi voir ? A qui se fier ? Critiques, bouche-à-oreille, oreille-à-bouche ? Andrea ne souhaite que le meilleur, un film qui terrorise : son esprit, ses sens, son instant. Meilleur en grec : *aristos*. Sursaut esthétique de dernière minute : ne pas aller au cinéma uniquement pour un besoin de fraîcheur. D'accord.

« Mon amour, dit Luis à une beauté qu'il ne voit pas. Décris-moi le ciel, parle-moi du bleu gitane, du bleu émail, des azurs... Ma mémoire est bonne, mais le bleu si imprévisible. Pendant que tu parles, j'imaginerai les mots que tu prononces et la femme qui les dit. Ce sera le visage de Lena dans le ciel de Paris. »

*38° Celsius, Fahrenheit 99.*

Andrea s'aventure vers les fontaines qui font face à l'église Saint-Eustache et à la tête en granit de Pierre-Henri de Miller. Il ôte ses baskets et plonge ses pieds rougis dans l'eau vive. Bonheur immédiat. Andrea n'est pas seul. Il y a là des bébés asiatiques que de jeunes mères immergent comme à Lourdes, des habitués du quartier venus par RER des excroissances de Paris, des touristes assommés de marche et de chaleur : instantanés de plénitude avant que ne surgissent de nouvelles aventures dans le zoo du monde.

# 7

Un vent se lève dès le début de la soirée, brûlant et asséché. Et l'air qui sent le métal...

Assis à l'intérieur de la Mercedes 500, Frédéric se rend vers le 10ᵉ arrondissement retrouver Andrea. Melchior, à ses côtés, a profité du chauffeur, de la voiture et de la climatisation. Chacun trimballe en silence ses propres images jusqu'à ce que le besoin de les avouer soit le plus fort. D'abord Melchior : « Je suis allé cette nuit dans un club d'un genre nouveau où les hommes et les femmes ne se touchent pas, ne se pénètrent pas. Masturbation collective, la drogue circule, kératine, ecstasy — “le popper sent les pieds sales” —, les femmes provoquent, se caressent, ébauches de strip-teases, sous-vêtements déglingués, en loques, bas troués, elles dansent, les hommes habillés ont sorti leurs sexes. » Melchior raconte les couples éparpillés, mélangés, sans fureur de vivre, les éjaculations sur les corps, dans la soie des sous-vêtements écartelés, dans des verres à mescal. Soirée liquide, sperme des hommes et eau des femmes, liqueur de cuisses, sueur : aqua-party. Ni préservatifs, ni angoisse sida, un long cocktail soft avec musiques arabisantes à l'*Onano-Bar.*

Frédéric évoque en quelques mots une fille asiatique rencontrée la veille au dîner France-Japon de la Chambre de commerce. La fille n'a pas cessé de dire *I don't* dès le premier baiser, a continué lorsqu'il lui a ouvert la portière de voiture et qu'elle est montée sans hésitation. Dans le bar de son hôtel, il a proposé de la raccompagner dans sa chambre, *I dont*, à l'entrée de la chambre, *I don't*, sur le lit, déjà minuit, elle était nue, elle a murmuré *I don't* dans un souffle.

Soirée *I don't* pour Frédéric. Sourires.

Armand arrête la voiture devant l'immeuble de Melchior, à demain / à demain. Direction *le Jemmapes,* en bordure de canal.

## 8

Andrea, en avance, fait les cent pas sur les pavés. Terrasses archicombles, il a réservé une table pour 21 heures. Le calme du canal, les passerelles de bois et d'acier qui ressemblent à des jouets de Meccano font penser à des scènes champêtres comme on en peignait dans certains tableaux du siècle dernier. Un *Hôtel du Nord* transformé en restaurant, une façade rose à l'enseigne *Antoine et Lili* qui mélange fringues et cantine, *Ethic Village*, boutique équitable, qui vend les objets du tiers-monde sans arnaque. Andrea furète, respire le quartier, entre feuilleter des livres dans la librairie *Artazar*. Son portable sonne. Il parle bas. Ismalia agacée, colère dans la voix : « Je t'avais envoyé Virginie, qu'est-ce qui s'est passé avec elle ? » Andrea répond qu'il ne l'a jamais rencontrée, qu'ils se sont parlé au téléphone. « Elle vient d'avaler des tubes entiers de cachets, ou elle s'est blessée, je ne sais pas exactement, sa mère est paniquée et vient de m'appeler d'un hôpital où Police Secours l'a emmenée. » Andrea se tait. Elle reprend : « Mais pourquoi tu ne l'as pas vue, pourquoi tu n'as pas passé du temps avec elle ? Cette fille avait besoin que quelqu'un l'écoute, qu'il lui accorde de l'attention et la regarde. Elle n'a pas supporté l'été. » Andrea à son tour a envie de s'énerver et répond qu'il n'est pas le confesseur de toutes les âmes perdues de Paris, que Virginie a téléphoné une première fois où il ne pouvait pas la rencontrer et qu'ensuite c'est lui qui a rappelé, plusieurs fois, et plus jamais elle n'a demandé un rendez-vous. A l'instant où il termine sa phrase, il la regrette. Non, pense-t-il, j'aurais dû la voir, parler, écouter, regarder. Offrir mes sens à sa jeunesse. « C'était à toi de deviner. Excuse-moi, je suis trop en colère, je raccroche. »

Il compose aussitôt le numéro d'Ismalia. Occupé.

Au loin, Andrea aperçoit le vaisseau spatial de son frère qui glisse le long du quai.

## 9

« Tu te souviens quand on est allés en train de nuit avec maman jusqu'à Göttingen pour l'enterrement de notre père. J'avais onze ans et toi treize, on portait deux pardessus à chevrons que l'on détestait. C'était l'hiver et le sol était tellement gelé que les fossoyeurs n'avaient pas fini de creuser quand on est arrivés au cimetière. On a ri de leur gêne, et finalement ils ont mis le cercueil en terre de travers, la tête plus haut que les pieds. On aurait pu rire encore, mais on a pleuré tous les trois et je me suis demandé, ce matin-là, la nature du lien qui unit les gens d'une même famille. Ce père qui nous avait quittés depuis longtemps pour aller courir le monde ne nous était pas grand-chose et tu as dit, on pleure, non pas de l'avoir perdu, mais de ne pas l'avoir trouvé.

— Je ne me souviens plus de cette phrase, dit Frédéric.

— Je voulais simplement te dire que l'on peut souffrir tout autant de ne pas trouver que de perdre. Il y a des gens qui ne parviendront jamais à trouver le réconfort, l'amour, la beauté, le plaisir, la foi, un idéal. Trouver le temps où ils vivent, paisible. C'est ça la maladie universelle qui nous ronge parce qu'elle est invisible et provoquée par rien. »

Lorsqu'ils se sont retrouvés, les frères Morlowe se sont embrassés et tapoté les épaules. Il y avait du plaisir, mais une lassitude de part et d'autre. On l'attribua à la chaleur.

Andrea se tait sur ce qui l'occupe. Rien sur Mathilde, rien sur Virginie et l'appel d'Ismalia, rien sur Milos, rien sur les agaçantes questions. Qui devinerait une once de turpitude derrière cette face aux cheveux blonds — limpide ? Quelque chose préoccuperait-il également Frédéric ? Comment savoir... Les visages sont des forteresses, ils vont au plus pressé, divulguent les messages de l'urgence, la bienséance, et restent muets sur le tourment.

Andrea est heureux d'entendre le bruit rassurant des fourchettes, des conversations, de voir son frère à ses côtés, proche en haleine, comme lorsqu'ils prenaient le petit déjeuner dans l'appartement de parc Montsouris et que Nina préparait l'*Ovomaltine.* Il y a comme ça des résidus d'enfance qui se répètent à longueur de vie, qui surgissent au milieu d'une cérémonie ou d'un flirt, inattendus.

Andrea aimerait entendre son frère parler du monde qu'il espère, comment il imagine les rapports entre les gens, comment on s'aidera, si on s'aimera, alors que l'on voit se bestialiser les désirs... « En bref, comment tu nous vois toi et moi l'année prochaine, dans un an. » Il se rend compte que depuis peu, sous couvert de tendresse familiale, ils ne se parlent et n'aiment se voir qu'à la condition tacite que rien ne soit dit qui puisse fâcher, n'explorant rien des abysses de leurs pensées. La politesse règne. « On est différents, tu le sais, dit Frédéric comme s'il devinait le questionnaire muet et qu'il s'affranchisse soudain de la fratrie, toi tu aménages un monde en perdition, tu colles tes pansements là où ça crie avec une idée de la solidarité et de la compassion. Je n'ai pas le cynisme de rejeter tout ça en bloc, mais je voudrais être de ceux qui changent d'orbite pour un saut dans le vide, une apesanteur technicienne. M'alléger de siècles où l'*humain-trop-humain* a empêché de s'émanciper de règles pesantes qui auraient pu conduire à s'envoler loin ailleurs... L'ADN — cœur de l'homme — n'est pas plus intouchable aujourd'hui que ne le fut l'héliocentrisme — cœur du monde — qui prévalait jusqu'au XVI^e siècle. Chaque clergé a interdit avant d'être transgressé, puis balayé. »

Frédéric qui parlait jusque-là, en laissant aller ses yeux vers ce qui l'entoure, les visages, le décor, fixe son regard sur Andrea : « Une chose n'a cessé de m'intriguer. Comment peux-tu continuer à te croire suffisamment armé pour aider les gens à résoudre leurs problèmes alors que tu as abdiqué sur l'essentiel : le sexe, la peau, ce qui fait l'âme de nos vies, là où chaque homme et chaque femme bascule ?

— Coucher avec toutes les filles du monde n'apprend rien de plus sur l'existence, sinon le plaisir vain de réussir une collection.

— Je ne parle pas de collection, mais de l'unique, la personne qui puisse devenir le lien entre un homme et le reste du monde. »

Frédéric commande une autre bouteille de vin, éteint son portable, fait des commentaires sur la chaleur et s'essuie le front, d'un geste. Il poursuit :

« Les seuls et vrais secrets des gens rôdent dans leurs sexes. Entrejambes et entrecuisses, à l'extrême sud du cœur et du cerveau... L'*intimité*, Andrea ! C'est là que se nouent vilénies et mensonges, la jalousie, la passion, là que l'on se sent misérable ou grandiose à une minute d'intervalle... Blessures et éblouissements. Qui de tes ouailles te parle de baise, de ratage, de jouissance, de frustration ? Qui t'a déjà dit, je suis triste quand j'éjacule ? Je rêve d'enculer ma femme, elle rechigne, ça me rend mélancolique... Ou encore, mon mec ne lèche pas mon clitoris comme j'ai envie, il en fait trop, trop vorace, tout en force alors que je ne rêve que de titillements, d'une extrémité de langue et que ça dure... Alors, je ne suis pas heureuse, j'agresse, je dors mal, je suis anxieuse... Les confessions que tu entends, c'est de la frime, de la conversation de bistrot pour passer du temps. Tu te donnes bonne conscience en écoutant les petits ennuis des gens, ils s'allègent en te les confiant, mais leurs frustrations, leur désespoir demeurent intacts. Quel type t'a déjà dit, j'aime ma femme mais j'ai aussi envie de plaire aux hommes, de leur rouler des pelles, les étreindre, de sentir leur sexe s'émanciper à cause de moi, pour moi, je n'ai aucune envie qu'ils pénètrent mon corps, mais ça me plaît de les séduire et qu'ils aient un comportement d'amour avec moi... Qui aurait pu trouver les mots pour te raconter l'extase, la disjonction, la folie qu'il y a à retrouver la seule personne au monde avec qui effacer la planète, rayer l'univers pour s'y installer solitaires, chair et âme mêlées, à la place du temps ? L'intimité ne se raconte ni ne se confesse, elle se partage. On peut être deux, trois, jamais seul. Sans personne avec qui la confronter, il n'y a qu'un savoir hygiénique de son propre corps, une connaissance de ses désirs et des taches et traces sur des vêtements. L'intimité, de soi et celle de l'autre, passe par le fouillage de langues et les sécrétions du corps, par les bouches et la salive, par le gland et la vulve, les lèvres, les orifices. C'est la confrontation des désirs. Sans le cul des autres tu ne sauras rien de toi. Tu t'es condamné Andrea à ne jamais entrevoir ce que signifie ce mot *intimité*, ni pour toi, ni pour personne, sa connaissance passe au travers des corps, pas par les mots... »

# 10

Sonné, Andrea se tait. « C'est vrai, c'est archaïque la parole, finit-il par lancer, ironique. Toi, tu penses qu'après des siècles d'un humanisme sûr de lui et dominateur, il serait temps de changer de référence. Mais quand un libéralisme effréné régit un monde obnubilé par l'économie, sans le moindre souci des hommes, quelle solution miracle aurait l'absolution de mon frère ?

Frédéric regarde la jeune métisse en train de les servir.

— Ni les hommes, ni l'économie : l'intelligence.

— L'intelligence, c'est encore et toujours les hommes, non ?

— Certains.

— Jolie réponse... Gloire aux intelligents et malins, que le reste crève !

— Tu vois, tu redeviens humaniste... Andrea, ton action légitime ce qui *est*. Et pourquoi pas... Accorde-moi le luxe de vouloir chercher jusqu'où il sera possible d'agir.

La discussion se poursuit. Andrea est qualifié de passéiste sentimental, Frédéric de cynique insolent.

— A nous deux, on ferait un homme nouveau convenable, énonce moqueur Frédéric. Avec l'amour en plus pour que ce couple siamois fonctionne.

— Excuse-moi, tu m'avais presque fait oublier

qu'au-delà des antagonismes, les frères éprouvent encore de l'amour l'un pour l'autre. Chrétien, tout ça !

— Amen. »

# 11

En quelques secondes le ciel passe au noir et un vent inattendu se rue sur le canal. Violent. Dévastateur. Les voitures tanguent, les bouteilles se renversent sur les nappes, les bougies s'éteignent. Du vent et du sable. Des gorgées de sable qui tournoient sur le pavé, sur les passerelles, qui aspirent les papiers et les poubelles. Les taxis de passage s'arrêtent au milieu de la chaussée, les clients des terrasses se ruent vers l'intérieur. On cligne des yeux, on se colle des serviettes sur la bouche, les hommes écartent leurs vestes pour protéger les filles qui les accompagnent. Un vent de catastrophe se déploie au-dessus des immeubles. Inattendu, il brutalise ce qui s'oppose à son passage, ça ploie et plie. On dit : c'est la même tempête qu'en l'hiver de fin de siècle, mais ce soir il y a des nuées de sable en plus. Denses, des dunes volent dans l'air de Paris, la force et l'objet, un message de désert qui envahit le continental.

Andrea et Frédéric suivent la foule, ils entrent avec la mêlée dans le restaurant qui aussitôt calfeutre ses fenêtres et ses portes. On entend *Buenas tardes, amigos* qui donne une note déhanchée à ce qui ressemble à un début de désastre. « Si tu n'étais pas mon frère, je crois que j'aimerais te tuer là, gentiment et avec le sourire », dit Andrea. « Mais on est frères et on se déteste avec amour », lui répond Frédéric. Un grondement arrive de dehors. Le bruit de l'enfer pense Andrea, des sons graves comme ceux produits par les peaux des calebasses. Par les fenêtres vers lesquelles les visages se collent, on peut apercevoir une mince couche de sable recouvrir la rue et les abords du canal. Des nuages granuleux glissent à grande vitesse au ras de l'eau qui, par la force du vent, dispense les vagues d'une tempête océane. « Est-ce que c'est partout comme ça sur Paris, demande quelqu'un... Les Champs-Elysées transformés en désert, ce doit être d'un exotisme... » Par saccades, on entend le sable cingler sur les vitres. « Baissez le rideau de fer », lance une jeune fille. « Non, il faut se tenir au courant de ce qui se passe dehors. Moi, je ne veux pas mourir étouffée », répond une autre. « Ne dites pas de conneries, dans cinq minutes tout sera terminé ! » « Armand n'est pas loin avec la voiture, on te raccompagnera », dit Frédéric. Les portables fonctionnent, il téléphone chez lui, Laure le rassure. « Louis est ravi, il croit à un miracle et est certain qu'Andrea a manigancé en secret quelques prières appropriées... » L'électricité intérieure vient de s'interrompre, seuls les réverbères des quais laissent tomber une lueur blafarde, à peine visible derrière le brouillard de sable.

De la petite foule hétéroclite rassemblée, des phrases fusent : gêne, dépit, angoisse, excitation... On est heureux de se savoir contraint à une promiscuité qui, en d'autres temps, se serait révélée détestable. Une jouissance secrète à ressentir avec des étrangers un événement d'exception — un danger — conduit à se calfeutrer et à profiter du plaisir discret des effleurements.

On parle pour entendre sa voix couvrir une furie extérieure qui semble dévorer les murs.

# 12

Une partie de la verrière a volé en éclats. C'est comme ça la mort, pense Milos, elle arrive en furie, excitée d'avoir dû tant attendre. Comme une tornade, une poussière jaune tourne dans la maison, s'entasse au coin des cheminées, aux pieds du lit, sur les fauteuils. Le sable tournoie dans l'atelier de Milos. S'autoportraitiser dans le désert ? Le peintre de l'ocre emprisonné par sa propre couleur... Il chausse des lunettes de soleil pour se protéger les yeux. Au moment de la photo, le trépied est renversé, une rafale. Il jure, désespéré. Peut-être n'y aura-t-il plus jamais de portrait à faire et faut-il en finir par une nuit aussi magistrale. Comment ne pas mourir quand le désert vous fait la grâce de s'installer à domicile ? C'est plus qu'un signe, un appel, répondre au néant par le néant. Comme s'il cherchait depuis longtemps ce prétexte, Milos est excité par l'idée d'en terminer. Je vais dire adieu à mes toiles, tirer ma révérence, j'appelerai Rafik et Xuân Lan, puis Andrea. Brève cérémonie des adieux. Les dernières toiles sont alignées par terre, à même le carrelage avec déjà des pincées de désert pour les recouvrir. Des rafales de vent s'engouffrent dans sa robe de chambre qui s'écarte brusquement. Quatre-vingt-cinq années de respirations et de battements de cœur, qui dit mieux, s'écrie Milos. En bons et loyaux serviteurs de la machine humaine, l'ONU ou l'Unesco devraient nous décorer au-delà de soixante-quinze, médaille du Grand Mérite, au nom de la planète tout entière, *l'humanité reconnaissante*... J'aurai traversé le siècle sans parjure ni encombre majeur et contourné toutes sortes d'humiliations. Petites promesses non tenues, amours défaites, l'oubli. J'aurai produit plus de larmes que de sourires, passé plus de temps à sortir indemne des griffes de la mélancolie qu'à me prélasser dans les hamacs du soleil. Pourtant, je me serai battu avec volupté avec la matière humaine, l'orgueil, la vanité, ce qui pousse sans relâche à tenter d'être ce que l'on n'est pas.

La petite collection d'objets est à terre, certains brisés, d'autres à l'agonie. Les masques, les Vierges sous verre ont volé en éclats. Je ne vais pas me mettre à prier maintenant, indécent, mais quand même me prosterner devant le monde qui m'a accueilli, lui dire adieu, recueilli, dire au revoir à ma vie, celle qui ne fut qu'à moi, mon identité, Milos Kenok né à Prague en 1916, rue Prast numéro 5. J'aviserai les enfants plus tard. Dire à l'instant à Andrea le secret attendu. Sans doute pense-t-il à quelque trahison sous la torture, un réseau démantelé et des vainqueurs arrogants.

« Allô Andrea, les dunes ont envahi l'atelier, je suis le Touareg du 19ᵉ arrondissement ! Réfugié dans l'escalier qui monte à l'étage, Milos a un petit rire. Il me faut mettre tout en ordre. T'avouer que je t'ai aimé est peu dire, comme mon fils, un enfant. La seule chose que je n'ai jamais avouée, à personne, même en la chuchotant, est d'une grande banalité pour quiconque. Pour moi, ce fut une infirmité quotidienne contre laquelle j'ai lutté jusqu'à aujourd'hui. Jamais je ne me suis lassé de combattre ce péché inaugural de n'être pas un grand peintre. Tu entends cela : je ne suis pas un grand peintre. L'artiste que je rêvais d'être n'a cessé de m'échapper. Je suis parvenu à un certain savoir-faire, mes tableaux sont dans quelques musées nationaux, mais moi *je sais*. Ce fut une obsession, ma hantise, mon regret. Cette infime et immense chose est exactement ce que je voulais que tu saches, Andrea, et que l'on ne se quitte pas, par cette nuit de tempête, sur un malentendu. »

Il raccroche sans attendre de commentaire, compose le numéro de Rafik et Xuân Lan, puis rédige, en pleins et déliés, de son pinceau de calligraphe, son testament :

Je lègue à Andrea et à mon fils Rafik,
à Orchidée de Printemps :
Un bleu céruléum pour apprendre le bonheur
Un bleu de cobalt pour jouir de ce bonheur
Un bleu sombre de Prusse qui fait voyager
Un bleu indigo, Aï en japonais, qui veut aussi dire aimer
Un vermillon pour éviter les dépressions
Un vert mousse pour marcher en forêt
Un jaune d'or : le fric, le flouze, le pèze (euros ou dollars)
Un violet de cobalt pour s'enivrer d'étoiles
Un garance qui donne du courage
Un jaune baryte : lumière, neutrinos, un univers en chiffon
Un ocre jaune pour vénérer la création
Un vert Véronèse pour la mémoire du premier amour
Un orange pour les jours d'orage
Un jaune citron pour la légèreté
Un blanc pur : la grâce
Une terre de Sienne naturelle pour aimer les animaux
Un noir somptueux contre le racisme
Terre de Sienne brûlée en souvenir de moi.

[illegible]

[illegible] chevaux [illegible]

[illegible] de la Bas-[illegible] se perche sur les hauteurs de la rue de la Roquette.

[illegible] au milieu [illegible] de crainte qu'une

# 13

Dans les grandes avenues de Paris comme celles de la Grande-Armée, Foch et de Friedland, le sable s'est rassemblé en une mince couche sur les chaussées. Place de la Sorbonne, des dunes se sont formées, se cognant à la prison des murs d'immeubles contre lesquels il n'y avait pas d'échappatoire possible. La toile grise de la tour nord de Saint-Sulpice a été arrachée à l'échafaudage auquel elle était assignée, pour planer un instant au-dessus de la fontaine de la place, avant de s'engouffrer avec fracas dans la rue Servandoni. Au zoo de Vincennes les grands fauves ont réagi et lancé des cris d'effroi. Derrière les traits noirs de leurs grilles, les animaux se sont couchés, pattes devant les yeux, à écouter le vent qui faisait tressaillir le pelage et les crinières. Les chevaux de la Garde républicaine à la caserne des Célestins, boulevard Henri-IV, se sont cabrés dans les boxes, frappant des sabots sur les portillons de bois. Frappant et brisant les cloisons pour s'échapper et tourner comme des fantômes au milieu de la cour. Des hennissements de stupeur ont traversé la Seine d'un côté puis, à l'opposé, s'en sont allés au-delà de la Bastille, se perdre sur les hauteurs de la rue de la Roquette.

Croyant à une accalmie, quelques rares voitures, lourdes et puissantes, avancent au pas dans la nuit. Elles circulent au milieu des rues de crainte qu'une cheminée ou des pans de murs ne s'affalent. Phares en codes, on pense à des caravanes perdues dans une ville ensevelie. Jamais on ne vit chose si étrange, une capitale de l'Occident qu'un désert exporté était en train de recouvrir.

Alors qu'ils abordent les Champs-Elysées par la Concorde, le vent est soudain si violent que la voiture s'arrête. Andrea et Frédéric, calfeutrés dans le paquebot sombre, se taisent. Les essuie-glaces à vitesse maximum évacuent le sable projeté sur les vitres. Ils se taisent et regardent le spectacle d'une ville jaune, minérale, avec des monuments qui semblent sortis d'un décor, délestée de ses habitants terrés dans les appartements ou les galeries marchandes. Quelle musique écouter, quels mots prononcer quand, en quelques minutes, une extravagante tempête transfigure une cité, quand les repères s'effacent, que l'histoire se balaye, qu'une topographie se disloque et que des monuments connus ici et ailleurs se parent de volutes ocrées ? Le calme à l'intérieur de la berline contraste étrangement avec les avenues rectilignes dans lesquelles s'engouffrent des charges de silicate venues d'un désert africain, rappeler que rien n'est impossible en démesure lorsque la politesse envers les pierres et la mer, envers les océans, à l'égard des nuages et des animaux, a disparu.

## 14

*Silicium : du grec silex (caillou). Symbole chimique Si, numéro atomique 14, il constitue, sous forme de silice et de silicates, l'élément le plus abondant, après l'oxygène, à la surface du globe.*

Hauts dans le ciel, les vents poussent des nuages de sable.

Venus du sud, du sud de l'Europe, de l'Afrique des déserts, là où le minéral a définitivement enchâssé les arbres et toute végétation, les vents, avant d'entreprendre l'itinéraire des continents du Nord, mettent parfois au jour une partie de mâchoire enfouie là depuis des millions d'années. Fragment d'os où se dénudent la forme d'un menton, l'alvéole des dents, canines et molaires : un reste de crâne déjà épris de rêve — quand le corps se redressa et sa tête se leva —, fasciné par les brillances stellaires, le mystère d'en haut en bleu outremer et au peuplement d'étoiles. Dans l'immense cimetière des déserts gisent des morceaux d'hommes, nos ancêtres, entrepreneurs de chasse, voraces de beauté, amateurs de ciel. De là, nous parvient le souvenir d'un passé que le cœur de nos cellules a longtemps mémorisé pour un jour l'oublier : mémoire de la nuit, mémoire de l'émerveillement et du froid, le désert est le lieu minéral du commencement des rêves et là où ils prennent fin.

Nuit inédite, insolite, extravagante, les bulletins radio et TV se multiplient et chacun, à l'abri de son enveloppe de repères, vit de différentes manières l'insolence d'un Sahara venu sectionner l'espace et le temps d'une population blasée. Certains ne voient là qu'une péripétie climatique, les histoires commencées continuent, d'autres s'interrompent, l'existence s'enrichit d'un désert — et alors ?

Dans la chambre 506 de l'hôpital des Enfants Malades, Ismalia *vénère* la main libre de Virginie. Elle la tient au creux de sa paume, la chérit de sa chaleur et de caresses discrètes. Les yeux clos, sous tranquillisants, la petite Virginie n'a rien perçu du dehors, enfermée tout entière dans une douleur qui lui mange le corps. Par la double fenêtre, des arbres comme des démons agitent leurs pattes griffues. Ismalia parle bas comme si la jeune fille pouvait tout entendre de sa voix et ne parvienne à saisir que ce qui compte. Le réconfort. Mais l'histoire est moins simple qu'apparue au début. Choquée par l'évidence, la mère qui parla de tentative de suicide avait simplifié considérablement. Vérité insupportable à admettre. « Ecoute-moi ! écoute-moi ! » disait sans s'interrompre la jeune fille depuis qu'elle était née. En fait, Virginie venait de mettre du sens à l'intérieur des mots, ces mêmes mots que sa mère refusait d'entendre, distraite, préoccupée par le divertissement de son monde. Le sens dans les mots : auriculaire, le doigt de l'oreille, destiné à fourager l'*organe de la peur*, là où les sons pénètrent le corps afin qu'ils effraient comme la pénombre des forêts et des cavernes, qu'ils soient entendus, interprétés, absorbés. Ce doigt que Virginie venait de sectionner pour aller chancelante l'offrir à sa mère. Et s'évanouir de douleur.

Dans la chambre, une pâle veilleuse veille sur deux silhouettes. Une jeune femme parle dans le souffle à une autre, allongée à ses côtés, en perdition. « J'aime tant être frigorifiée », parvint à dire Virginie. Deux petites sœurs d'infortune, en âge, en féminité qui chantent *a cappella* pendant qu'une tempête souffle sur les arrondissements de leur ville.

[illegible]

15

Elle n'entend que le grondement et le fracas des [illegible].

— Dis-moi ce que tu vois, Lena, c'est comment une tempête de sable sur Paris ? Moi, j'imagine que les palmiers et les caravanes protégés de [illegible] bleu sur le rivage. Est-ce le désert ou le dessus [illegible] de la ville ?

— Je vois des pistes sur le macadam, et une ex-petite pute qui aime un homme des ombres. Elle pense qu'aimer est une alchimie du cœur et du corps avec un désert infini à remplir d'odeurs et de couleurs, de mots [illegible] que les gestes, jours [illegible] et nuits [illegible] pour les [illegible] réalité. Je vois encore deux vies perdues dans la vastitude, séparées par des années-lumière de sable et qui se percutent par le plus grand des hasards, attirées comme les boussoles et le Grand Nord, l'aiguille et le pôle des gens amoureux qui trouvent ensemble le point [illegible]. De ce lieu impossible naissent les possibles — notre belle catastrophe — un homme et une femme, comme à chaque fois, la plus improbable des rencontres.

Des micro[illegible]
[illegible] Mémoire des hommes
[illegible]

# 15

Luis n'entend que le grondement et le fracas des fréquences basses.

— Dis ce que tu vois Lena, c'est comment une tempête de sable sur Paris ? Moi, je n'imagine que les palmiers et les caravaniers protégés de tissu bleu sur le visage. Est-ce le désert ou le désir qui s'empare de la ville ?

— Je vois des pistes sur le macadam et une ex-petite pute qui aime un homme des ombres. Elle pense qu'aimer est une alchimie du cœur et du corps avec un désert infini à remplir, d'odeurs et de couleurs, de mots échangés en même temps que les gestes, jours torrides et nuits glacées, se blottir, détecter les mirages et courir au-devant d'eux pour les remplir de réalité. Je vois encore deux vies perdues dans la vastitude, séparées par des années-lumière de sable et qui se percutent par le plus grand des hasards, attirées comme les boussoles et le Grand Nord, l'aiguille et le pôle des gens meurtris qui trouvent ensemble le point qui luit. De ce lieu impossible naissent les possibles — notre belle catastrophe — un homme et une femme, comme à chaque fois, la plus improbable des rencontres.

*Des microprocesseurs au silicium*
*Remplaceront un jour la Mémoire des hommes.*
*Je n't'oublierai jamais...*

# 16

Surexcité, le docteur Chestonov appelle en pleine nuit. « Vos hallucinations ne sont pas innocentes... Il y a peu de temps, vous avez *vu* un désert fondre sur Paris. Ce soir, il est là. Et quel spectacle ! Vous devriez écrire tout ce qui vous passe par la tête et l'envoyer à Météo-France, aux instituts de sondages, aux agences matrimoniales, je serais votre agent, je vends et on partage fifty-fifty. Qu'est-ce que vous en dites ? On crée un site *hallucinations.com* et un "Bureau des prévisions improbables" et je peux vous dire qu'il y aurait une clientèle. Tout le monde veut miser à mille contre un et faire fortune en huit jours ! Allez-y mon vieux, hallucinez jour et nuit, laissez-vous aller à vos turpitudes, tous les fantasmes qui vous passent par la tête, aucune censure, déconnez sur votre vieux Powerbook ! Tenez, pour vous montrer mon total soutien et sceller notre future collaboration, je vous offre le petit dernier, modèle G4, 10 Go de mémoire vive, revêtement en titane, un milliard d'hallucinations d'autonomie... Au fait, la femme blonde que vous aviez hallucinée quelques jours auparavant, elle est là, j'imagine, à vous bécoter le cou, à vous dire merci de m'avoir imaginée, j'ai accouru aussitôt ?

— Non. L'amour, c'est le plus difficile.

— Eh bien, on se rappelle... Et encore bravo pour le désert, je n'aurais pas cru ça de vous. »

Sur le boulevard périphérique, la circulation [illegible] [illegible] le ciel [illegible] [illegible] [illegible]

[illegible] [illegible] [illegible]

[illegible] depuis le début de [illegible] [illegible] une [illegible] de [illegible] l'arrogance [illegible] moteur de la [illegible] l'instant où elle [illegible] que [illegible] [illegible] [illegible]

À [illegible], les [illegible] leurs chaussures, ils marchent [illegible] [illegible] [illegible] [illegible] ouvertes durant la journée ont dû accueillir des

# 17

Sur le boulevard périphérique, la circulation a repris. Lampadaires éteints, le ciel de nuit est d'un pur ultramarin. Les étoiles, aidées de centaines de phares, cernent la nappe ocrée qui recouvre les talus des contre-allées autour de l'asphalte. Des files de voitures arrêtées redémarrent. Au pas. Les roues motrices ensablées patinent au premier coup d'accélérateur et lancent d'immenses gerbes de poussière jaune. Irréalité d'une autoroute recouverte par autre chose qu'une pluie ou de la neige. « On va monter sur la terrasse du trentième étage, dit Andrea. On pourra voir la ville sous sa chape de sable. »

La Mercedes quitte le périphérique à la porte de Bagnolet.

La distance installée entre eux depuis le début de soirée se dissipe. Arrivés devant l'entrée de la *Cité de la Renaissance*, Frédéric propose à Armand de repartir à la maison de Neuilly. Vérification faite, tout est en ordre. Une rafale de vent emporte l'arrogance élégante des moteurs de la voiture à l'instant où elle s'éloigne.

A l'unisson, les frères retirent leurs chaussures, ils marchent pieds nus et rient comme au sortir d'une plage, laissant de fines empreintes sablées, d'orteils et de talons sur le carrelage de l'entrée. Ascenseur, palier 18. Pour cause de chaleur, les fenêtres restées ouvertes durant la journée ont dû accueillir des vagues de sable qui ont infiltré de partout l'appartement. Le lit, la baignoire, la machine à café, le verre à dents. « C'est ici ton antre », commente Frédéric en faisant le tour des pièces du regard. « C'est vrai, tu n'étais jamais venu... »

Le vent du sud a ornementé de milliers de grains les pages du *Journal des doutes*. « Les falaises d'Etretat, c'est en souvenir de nos vacances ? » Pendant que Frédéric effectue une visite rapide de l'appartement, Andrea se rend sur le balcon, perd un instant ses yeux dans le lointain, puis se détourne afin de ne pas déflorer la vision qu'il aura, dans un instant, depuis la terrasse. Paris nappé de désert.

## 18

La déesse de l'Occident est engloutie pareille à une cité perdue. Paris s'enveloppe d'un nuage diaphane au travers duquel percent des lumières. Comme pour saluer la fin des hostilités, des projecteurs de fête zèbrent le ciel tels des phares de DCA. L'air est brûlant et sent la pierre. Le désert est arrivé, pense Andrea, comme un événement, une grande marée, une avalanche, le désert peut survenir et sourdre du silence. Les deux frères contournent les antennes de télévision que le vent a abattues. Une seule est dressée, encore maintenue par ses filins. Le vent parfois a des soubresauts et, de cette altitude, on aperçoit des bulles de sable qui filent en contrebas pour éclater en gerbes de feux d'artifice.

« Ça ressemble à un monde qui prend fin », dit Andrea. « Je pense à celui qui commence », dit Frédéric.

Ils tournent sur la plateforme du trentième étage, enjambent les tuyauteries cautérisées de goudron et d'aluminium et tentent de voir, à l'aide d'une lampe-torche, l'étendue des dégâts. Isolés sur leur île de béton, ils se suivent pas à pas et, la nuit ajoutant à l'ensemble une dramaturgie imprévue, ils se demandent comme au soir d'un bombardement de quoi sera fait le prochain jour, le jour d'après, tout à l'heure au matin.

Finalement, ils s'installent, assis en tailleur, face à

la ville. Un spectacle. Attitude de la contemplation, ils ne peuvent ôter leur regard de la cité minéralisée, sidérés par l'importance de l'événement et par sa beauté. De longues minutes, ils se contentent d'écouter encore le vent qui, arrivé en flammèches, se perd dans l'oasis miraculeuse qui flotte devant eux.

Greffée au périphérique, la bretelle d'autoroute qui monte vers les Flandres et le Nord se nourrit d'une noria de phares et de feux rouges qui avancent au ralenti.

En un instant, au milieu de la nuit, la tempête s'arrête aussi brusquement qu'elle était apparue.

« Dans quelques jours on aura tout déblayé et, un vent nouveau aidant, tout ce sable sera éparpillé et aura disparu », dit Frédéric. « J'ai peur que tout cela ne pénètre les cœurs, comme une lancinante maladie qui dirait : je ne veux rien, je ne signifie rien, je suis simplement le désert qui assèche et enveloppe les mondes las. Ni la mort, ni le désir, je suis l'indifférence », dit Andrea sans parvenir à détourner les yeux de ce qui le fascine.

Soleil rasant d'une aube, les forêts de Vincennes et de Boulogne pailletées de *sahara* sont les premières à extraire leur masse sombre de la nuit.

Paris s'étale en pastel, lumière électrique d'un matin.

Table

I. *Au premier jour* .................................... 9
II. *La nuit* .................................................. 57
III. *Au cœur des corps* ................................ 89
IV. *Le désir d'Ismalia* ................................ 133
V. *Jour tranquille à Paris* .......................... 163
VI. *D'autres mondes* ................................... 191
VII. *Canicule* .............................................. 265

## Remerciements et précisions

Merci à Atiq Rahimi, écrivain afghan en exil à Paris (éditions P. O. L.), qui a spécialement écrit pour ce roman le conte intitulé : *La neuvième nuit* (pp. 172–173). La traduction du persan (Afghanistan) a été faite par Sabrina Nouri.

Eclats poétiques de nos mémoires, de courtes phrases « subliminales » sont prises à l'intérieur du texte et figurent en italique. Elles proviennent de la Bible, saint Augustin, Federico García Lorca, Arthur Rimbaud, Serge Gainsbourg, Yannis Ritsos, Takis Sinôpoulos, Nâzim Hikmet, Bob Kaufman, Jim Morrison...

Y. S.

Du même auteur

LES JOURS ET LES COULEURS, Grasset.
[illegible]
L'HOMME [illegible], Grasset.

TRANSPARENCES, Grasset.
[illegible], Grasset.
LE VOYAGEUR MAGNIFIQUE, Grasset.
(Prix des Libraires 1989).
JOIES D'AMOURS (roman), Grasset.
LA DÉFAITE DES FEMMES, essai, Grasset.
[illegible]
[illegible] (roman), Grasset.

LE [illegible], Grasset.

L'INSTANT DE BONHEUR (nouvelles), Grasset.

LA ROUTE VERS L'ORIENT, Biblio-essais
Le Livre de Poche.

LE SOUFFLE DU MONDE (poème), Grasset.

*Du même auteur :*

LES JOURS EN COULEURS, Grasset.

L'HOMME ARC-EN-CIEL, Grasset.

TRANSIT-EXPRESS, Grasset.

L'AMOUR DANS L'ÂME, Grasset.

OCÉANS, Grasset.

LE VOYAGEUR MAGNIFIQUE, Grasset,
(Prix des Libraires 1988).

JOURS ORDINAIRES (poésie), Grasset.

LA DÉRIVE DES SENTIMENTS, Grasset,
(Prix Médicis 1991).

SORTIES DE NUIT (poésie), Grasset.

LE PROCHAIN AMOUR, Grasset.

UN INSTANT DE BONHEUR (nouvelles), Grasset.

LA RUÉE VERS L'INFINI, Biblio-essais ;
Le Livre de Poche.

LE SOUFFLE DU MONDE (poésie), Grasset.

Composition réalisée par JOUVE

IMPRIMÉ EN ESPAGNE PAR LIBERDUPLEX
Barcelone
Dépôt légal éditeur : 31167-04/2003
LIBRAIRIE GÉNÉRALE FRANÇAISE - 43, quai de Grenelle - 75015 Paris.
ISBN : 2 - 253 - 15460 - 1 31/5460/6